Acordei no
UMBRAL

A você, que vai entrar agora nesta linda e reveladora psicografia, desejo muita luz, paz, amor e felicidade. Que as linhas por mim escritas lhe ajudem em sua jornada evolutiva.

São meus sinceros votos,

Acordei no
UMBRAL

OSMAR
BARBOSA

Pelo Espírito de Lucas

Acordei no UMBRAL

Book Espírita Editora

1ª Edição

| Rio de Janeiro | 2021 |

OSMAR BARBOSA

PELO ESPÍRITO DE LUCAS

BOOK ESPÍRITA EDITORA

Capa
Marco Mancen

Projeto Gráfico e Diagramação
Marco Mancen Design

Imagens
Capa Depositphotos/Miolo Pixabay

Revisão
Priscilla Melo

Marketing e Comercial
Michelle Santos

Pedidos de Livros e Contato Editorial
comercial@bookespirita.com.br

Copyright © 2021 by
BOOK ESPÍRITA EDITORA
Região Oceânica, Niterói,
Rio de Janeiro, Brasil.

1ª edição
Prefixo Editorial: 92620

Dados Internacionais de Catalogação na Publicação (CIP)
(Câmara Brasileira do Livro, SP, Brasil)

```
Barbosa, Osmar
    Acordei no umbral / Osmar Barbosa. -- 1. ed. --
Niterói, RJ : Book Espírita Editora, 2020.

    ISBN 978-65-991053-0-2

    1. Espiritismo 2. Literatura espírita I. Título.
```

21-55569	CDD-133.9

Índices para catálogo sistemático:

1. Espiritismo 133.9

Aline Graziele Benitez - Bibliotecária - CRB-1/3129

Outros livros psicografados por Osmar Barbosa

Cinco Dias no Umbral

Gitano - As Vidas do Cigano Rodrigo

O Guardião da Luz

Orai & Vigiai

Colônia Espiritual Amor e Caridade

Ondas da Vida

Antes que a Morte nos Separe

Além do Ser - A História de um Suicida

A Batalha dos Iluminados

Joana D'Arc - O Amor Venceu

Eu Sou Exu

500 Almas

Cinco Dias no Umbral - O Resgate

Entre nossas Vidas

O Amanhã nos Pertence

O Lado Azul da Vida

Mãe,Voltei!

Agradecimento

Agradeço, primeiramente, a Deus por ter me concedido esse verdadeiro privilégio de servir humildemente como um mero instrumento dos planos superiores.

Agradeço a Jesus Cristo, espírito modelo, por guiar, conduzir e inspirar meus passos nessa desafiadora jornada terrena.

Agradeço a Lucas pela oportunidade e por permitir que essas humildes palavras, registradas neste livro, ajudem às pessoas a refletirem sobre suas atitudes, evoluindo.

Agradeço ainda à minha família pela cumplicidade, compreensão e dedicação. Sem vocês ao meu lado, me dando todo tipo de suporte, nada disso seria possível.

E agradeço a você, leitor, que comprou este livro e, com sua colaboração, nos ajudará a conseguir levar a Doutrina Espírita e todos os seus benefícios e ensinamentos para mais e mais pessoas.

Obrigado.

A todos, os meus mais sinceros agradecimentos.

Osmar Barbosa

Conheça um pouco mais de Osmar Barbosa:
www.osmarbarbosa.com.br

> " A missão do médium é o livro.
> O livro é chuva que fertiliza lavouras imensas,
> alcançando milhões de almas. "

Emmanuel

Prefácio

Foi em uma tarde quente de verão que eu me encontrei novamente com o Lucas. Eu fiquei muito surpreso quando ele chegou ao meu escritório. Ele não costuma me procurar dessa forma. Sempre que ele quer me dizer alguma coisa ou me convida para escrevermos um novo livro, ele me acorda pela madrugada, mas, naquele dia, foi diferente.

Os espíritos gostam do horário da madrugada para escreverem suas obras, e isso acontece com muitos médiuns, não é diferente comigo.

Eu estava em meu escritório naquela tarde, passava um pouco das 16h, e ele apareceu para mim me convidando a escrever mais um livro sobre o Umbral.

Como já relatei nos livros anteriores, estou no espiritismo há mais de trinta anos. Estou presidindo atualmente a Fraternidade Espírita Amor e Caridade, onde temos um hospital espiritual. Lá, realizamos mais de dois mil atendimentos todos os meses. Sou ainda Sacerdote da Tenda Espírita Santa Catarina de Alexandria – Aruanda do Caboclo Ventania. Bastante trabalho, graças a Deus!

Minha vida é dedicada aos livros, a missão espiritual a qual escolhi, e aos desdobramentos, onde escrevo os livros. Sou aposentado, então tenho tempo para me dedicar aos livros e ao trabalho do centro espírita. Gosto muito do que faço, embora eu tenha muitas dificuldades como todos nós temos, isso é a vida.

Sou médium há mais de trinta anos como relatei acima, e tenho quatro tipos de mediunidade que exerço com mais frequência. Sou médium psicógrafo, vidente, psicofônico e de desdobramento. A mediunidade que mais uso é a de psicofonia e de desdobramento, pois é em desdobramento que escrevo todos os meus livros e em psicofonia onde permito que os espíritos se expressem e trabalhem para o auxílio de tantos.

Depois de muito exercício mediúnico e muito estudo, eu consegui me aproximar dos meus mentores que muito me ajudam e me orientam sempre.

Sou brasileiro, moro no Rio de Janeiro, sou casado, pai de cinco filhos e avô de duas princesas. Sou feliz com tudo o que faço e transmito isso nas páginas que me são permitidas escrever quando me permitem falar sobre mim.

Sinto-me um privilegiado em poder estar em contato com seres de luz que me auxiliam no trabalho diário da casa espírita e por permitem transmitir os ensinamentos que compartilho através dos livros, das palestras que ministro em vários lugares e das relações diárias do trabalho espírita.

Naquele dia, eu estava muito cansado, fiz várias coisas e me recolhi ao meu escritório para ver as coisas de casa e descansar um pouco. Mesmo assim, eu fiquei muito emocionado ao reencontrar com o Lucas, que, ao seu lado, trouxe a minha amada Nina Brestonini.

Nina é meiga, muito simpática e carinhosa. Ela é ruiva, mede aproximadamente um metro e sessenta e oito, é delicada, seus cabelos embelezam seu lindo rosto e suas sardas iluminam ainda mais seu olhar. Todas as vezes que eu me encontro com a Nina, eu fico extremamente emocionado, não sei explicar muito bem porque isso acontece. Nina aparenta ter uns vinte e quatro anos, é assim que ela se apresenta para mim.

Eu tive o privilégio de saber muita coisa sobre Nina quando escrevemos juntos a saga *Cinco Dias no Umbral* e, depois, no livro *Colônia Espiritual Amor e Caridade – Dias de Luz*, onde ela carinhosamente me mostrou como funciona a Colônia em que ela e outros mentores estão trabalhando nesse momento.

É realmente um privilégio ser médium. Gratidão eterna!

Lucas é moreno mede aproximadamente um metro e setenta, tem cabelos crespos, olhos claros e é muito simpático, corpo atlético e sempre traz em seu rosto um sorriso.

Naquele dia, eu percebi que Nina e Lucas tinham algo muito especial para me ensinar, e assim começamos a escrever esse livro.

Eles chegaram juntos e logo começamos a conversar.

– Olá, Osmar!

– Oi, Nina.

– Como você está?

– Cansado, mas ansioso e feliz por mais essa oportunidade, já sei que vem coisa boa por aí. Hoje, trabalhei muito e meu corpo implora por descanso, mas estou pronto para aprender um pouco mais com vocês.

– Que bom que você está preparado, embora cansado.

– Sempre estarei preparado para escrever, Nina. Os livros são a razão do meu viver e sou grato por essa oportunidade.

– Oi, Osmar. – disse-me Lucas.

– Olá, Lucas, que bom ter vocês aqui. Perdoe-me por não ter te cumprimentado antes.

– Nós é que estamos muito contentes em te reencontrar para juntos escrevermos esse livro, e não há o que perdoar, Osmar, fique tranquilo.

– Obrigado pela oportunidade, Lucas, e é sempre bom te rever.

– É sempre bom estar aqui, Osmar, creia nisso! – disse Lucas com um leve sorriso no rosto.

Nina então toma a palavra.

– Osmar, o Lucas tem uma linda e emocionante história para lhe contar. Você quer começar agora ou quer esperar ou pouco mais?

– Podemos começar agora, mas, antes, eu posso lhe fazer algumas perguntas, Nina?

– Sim, claro. – disse a mentora.

– Por que é que nem todos os médiuns são capazes de escrever livros? Por que nem todos os médiuns compreendem o seu trabalho e falham em seus propósitos mediúnicos? Tenho refletido muito sobre isso, vejo médiuns desperdiçarem essa oportunidade, e isso me entristece. Desculpe-me perguntar isso, é uma curiosidade antiga que tenho.

– Mediunidade é um privilégio, como você mesmo diz, Osmar. O que acontece é que nem sempre o médium está disponível para o trabalho espiritual. Muitos estão envolvidos com a vida material, com a vida sentimental e outras coisas que os afastam do propósito ao qual foram convidados quando reencarnaram, inclusive, é sobre isso que iremos falar. – disse Lucas.

– Quer dizer que eu combinei isso com vocês?

– Sim, claro que sim. Não há acasos, muito menos se tratando de psicografia, psicofonia e desdobramento. Se tratando de mediunidade. – corrige Nina.

– Eu escolhi passar por isso?

– Sim. Você, antes de encarnar, escolheu essa missão, ou melhor, esse compromisso, como você mesmo diz.

– Eu posso mudar isso, Lucas, Nina?

– Sim, claro que sim. Você é livre para tudo, Osmar, inclusive para desistir do combinado anteriormente – disse Lucas.

– Posso lhe fazer outra pergunta, Nina?

– Prossiga!

– Todos os personagens que vocês me apresentam no desdobramento são reais? São as pessoas que realmente passaram pelas provas relatadas nos livros?

– Sim, são reais. O que combinamos fazer é trocar o nome deles e das cidades em que essas histórias realmente aconteceram.

– Como assim, Nina?

– O que você vê em desdobramento é real, as pessoas são reais, mas os nomes e as cidades são trocados.

– Por que motivo é assim?

– Para proteger você e para resguardar os familiares dos espíritos que se disponibilizaram a escrever suas histórias de seus familiares que ainda se encontram encarnados. Assim, trocamos os nomes das pessoas e das cidades em que essas histórias realmente aconteceram, mas elas são reais.

– Compreendo. Essa que você vai me levar para ver e contar, onde se passa?

– No Rio de Janeiro.

– Realmente no Rio de Janeiro?

– Como já lhe dissemos, trocamos as cidades.

– Compreendo.

– Você viveu lá? Quero dizer, você já viveu no Rio de Janeiro, Nina?

– Sim, em algumas encarnações.

– Em quais outras cidades você já viveu?

– Em várias cidades, eu já vivi no Rio de Janeiro, em São Paulo, em Minas Gerais, no Rio Grande do Sul, em Génova, em Alexandria, no Marrocos e em tantas outras.

– Você se lembra de todas as suas encarnações?

– Temos um arquivo próprio, guardamos as coisas mais importantes.

– E as outras ficam esquecidas?

– Todo conhecimento adquirido dispensa as experiências necessárias ao aperfeiçoamento interiorizado. Assim, só guardamos o que nos foi útil para estarmos no estado em que estamos nesse momento evolutivo – diz Lucas.

– Como assim?

– Quando você vai à escola aprender a multiplicar, por exemplo, assim que você adquire o conhecimento de como fazer a multiplicação, você não vai se lembrar mais de qual fórmula você usou para adquirir esse conhecimento, não é assim?

– Sim, não lembro como isso entrou na minha mente.

– Pois é assim que as coisas funcionam quando você adquire algo para melhorar-se. Fica para trás, fica esquecido por não haver mais necessidade de saber como aprendeu. A fórmula é descartada.

– Quer dizer que, à medida em que evoluímos, vamos nos esquecendo daquilo que utilizamos para nos tornarmos melhores?

– Sim, o que não é útil é descartado do seu ser. Se você já aprendeu e o utiliza, não precisa mais ser lembrado. Lembre-se que o Pai não quer que tenhamos lembranças dos sofrimentos, mas sim extrair dessas lembranças e dos sofrimentos os ensinamentos para que não possamos mais errar. Evolução!

– Complicado isso, né, Nina?

– Não, não é complicado, Osmar, é inteligente e útil.

– Quer dizer que, quando aprendo, por exemplo, a perdoar, não vou me lembrar mais de como utilizei, ou melhor, de que forma eu aprendi a perdoar.

– Tudo o que o espírito adquire e o transforma, ele não necessita mais se lembrar.

– Perfeição?

– Sim, perfeição. O destino de todos nós.

– Se pensarmos como espíritos, compreenderemos o que vocês estão me falando. Mas se pensarmos como pecadores, se pensarmos com maldade, certamente não vamos compreender isso.

– Cada sentimento adquirido é uma conquista do espírito e, sendo assim, tudo o que você transforma de fora para dentro o transforma de dentro para fora. Aquilo que você põe em prática depois de adquirido é seu, unicamente seu, e ninguém muda.

– Obrigado, Nina. Obrigado, Lucas.

– Não agradeça, escreva... – diz a mentora.

– E esse livro que vocês irão me dar agora, do que se trata?

– Da vigilância que todo médium deve ter. – disse Nina.

– Vigilância? Como assim?

– Osmar, nós os mentores, espíritos afins, ancestrais e protetores, falamos com você muito mais do que você pensa.

– Como assim?

– Achas mesmo que todas as suas intuições, pensamentos e imagens que vêm à sua mente são coisas de sua cabeça?

– Não, eu tenho certeza que não. Na questão 459 do livro dos espíritos, temos uma informação muito precisa sobre isso.

– O que diz o livro, Osmar? – pergunta Nina.

–"Influem os Espíritos em nossos pensamentos e em nossos atos?", perguntou Kardec.

– E o que disse o espírito da verdade?

– Ele disse: "Muito mais do que imaginais. Influem a tal ponto, que, de ordinário, são eles que vos dirigem".

– Muito bem, Osmar, então é sobre isso que iremos falar. Falaremos da importância de vocês darem ouvidos aos seus instintos, pois são neles que estamos.

– Caramba, Nina, será que eu não tenho ouvido direito? Eu fiz algo de errado?

– Escreva essa linda e edificante história e verás o que deves fazer para cumprir aquilo que você propôs antes de encarnar, e não se esqueça, nunca estás sozinho, e mais, não esqueça que médium é meio e, sendo meio de comunicação dos espíritos, deve estar sempre atento aos sinais. Saiba que tudo o que acontece ao teu redor tem um propósito evolutivo, pois é para isso que estás aqui. Ninguém vem a esse plano espiritual para passear, todos estão ligados ao grande projeto evolutivo. Tudo o que aconteceu, que está acontecendo e que vai acontecer ao seu redor tem uma mensagem importante para sua evolução, não há acasos nos desígnios de Deus.

– Obrigado, Nina e Lucas. Obrigado por mais essa oportunidade.

– Nós é que agradecemos. – disse Lucas.

– Confie sempre naquilo que tua mente te revela, Osmar, é lá que nos comunicamos com você. – disse Nina.

– Obrigado, Nina.

– Vamos então ao Umbral? – perguntou-me Nina.

– Sim, vamos.

– Vamos, Osmar, venha comigo. – disse-me Lucas.

Naquele momento, eu me desdobro e acompanho Lucas até os portões do Umbral. Nina se afasta e nos deixa sozinhos. Nunca sem antes me dirigir um lindo e amável sorriso.

Osmar Barbosa

Sumário

"

Nossas atitudes e pensamentos de hoje refletem o nosso amanhã.

"

Osmar Barbosa

O Encontro

O umbral ocupa um espaço invisível, que vai do solo em que vivemos até alguns quilômetros de altura até a nossa atmosfera.

O clima no umbral é denso, equivale a um estado de tristeza e desespero para nós. A densidade do lugar não permite que entre claridade ali. Quando é dia aqui, poucos raios de sol se atrevem a penetrar nas densas nuvens que cobrem o umbral.

A impressão que se tem é de que o umbral é um longo final de tarde, onde as nuvens, muito baixas, se confundem com a névoa que existe no lugar. À noite, não é possível ver as estrelas, e a lua aparece com a cor avermelhada entre grossas nuvens. Assim como o sol quando consegue atravessar a densidade daquele lugar.

Há várias cidades no umbral. Existem cidades grandes, médias e pequenas, onde milhares de espíritos vagam sem perceberem seu real estado. Apesar disso, há inteligências que lideram essas cidades. Há, ainda, grupos de nômades e espíritos solitários que habitam pântanos, florestas e abismos. O umbral é terrível.

A vegetação é variada. Muitas vezes, constituída por pouca variedade de plantas. As árvores são de baixa estatura, com troncos grossos e retorcidos e de pouca folhagem, as folhas que se atrevem a nascer são negras e murchas.

Existem também áreas desertas, locais rochosos e lugares de vegetação rasteira composta de ervas e capim. Um capim escuro que não temos por aqui. Há, ainda, alguns animais sem uma forma definida.

Lucas aproveita que eu estava muito curioso e me mostra alguns tipos de animais e aves desprovidos de beleza. Todos, sem exceção, são negros.

No Umbral, eu pude ver algumas montanhas, vales, rios, grutas, cavernas, penhascos, planícies, regiões de pântano e todas as formas que podem ser encontradas na Terra.

Como os espíritos sempre se agrupam por afinidade (igual a todos nós aqui na Terra), ou seja, nos unimos de acordo com o nosso nível vibracional, existem inúmeras cidades habitadas por espíritos semelhantes. Algumas cidades se apresentam mais organizadas e limpas do que outras. Mas todas estão sob o céu negro do Umbral. Seres horríveis vagam pelas estradas escuras.

Pode-se se perguntar: – Por que é permitido que exista essa estrutura negativa de tanto sofrimento? Por que Deus permite isso?

34

Deus nos permite tudo, Ele nos deu o livre arbítrio. O homem tem total liberdade para fazer tudo de ruim ou tudo de bom. Quando faz ou constrói algo de ruim, você acaba se prejudicando com isso e, aos poucos, com o passar de anos ou de séculos, vai aprendendo que o único caminho para a libertação do sofrimento e da felicidade plena é a prática do bem.

A vida na Terra e no Umbral funciona como grandes escolas onde aprendemos no amor ou na dor. – Ninguém vai para o Umbral por castigo, ninguém está destinado a esse sofrimento.

A pessoa vai para o lugar que melhor se adapta à sua vibração espiritual no momento do desencarne ou àquilo que carrega dentro de si. Quando deseja melhorar, existe quem ajude.

Quando não deseja melhorar, fica no lugar que escolheu.

Todos que sofrem no Umbral um dia são resgatados por espíritos do bem e levados para tratamento para que melhorem e possam viver em planos de vibrações superiores.

Existem muitos que ficam no Umbral por livre e espontânea vontade, se aproveitando do poder e dos benefícios que acreditam ter em seus mundos. Tudo se assemelha. – me disse Lucas.

Existem, no Umbral, várias equipes de socorro. Eles ficam trabalhando nas zonas de sofrimento e alguns nos diversos Postos de Socorro que existem em cada núcleo do Umbral. Tudo é muito organizado.

Os postos de socorro se encontram espalhados pelas diversas regiões sombrias do Umbral. Esse local de ajuda, semelhante a um complexo hospitalar, normalmente é vinculado a uma colônia espiritual de nível superior.

Nele, encontramos espíritos missionários vindos de regiões mais elevadas que trabalham na ajuda aos espíritos que vivem nas cidades e regiões do Umbral e que estão à procura de tratamento ou orientação. Alguns precisam de refazimento perispiritual e são levados para outras unidades de tratamento espalhadas nas colônias espirituais.

Quando o espírito ajudado desperta para a necessidade de melhorar, crescer e evoluir, é levado para uma colônia onde é tratado e passa seu tempo estudando e realizando tarefas úteis para si e para o próximo.

Quando se sentem incomodados e mergulhados em sentimentos como o ódio, vingança e revolta, acabam retornando espontaneamente para os lugares de onde saíram. Continuamos sempre com nosso livre arbítrio.

Tudo é pensamento e atitude. Se tens bons pensamentos e boas atitudes, estarás sempre em bom lugar, ao contrário, atrais aquilo que sentes e deseja. É uma região purgatória, como nos explicam os espíritos amigos que trabalham nessa região.

Os postos de socorro não são cidades, mas alguns deles possuem grande dimensão, se assemelhando a uma pequena cidade no meio do Umbral.

Muitos desses postos ficam nas regiões periféricas do Umbral. Alguns se encontram dentro das cidades do Umbral.

Vistos à distância, são pontos de luz e de beleza no meio da paisagem triste, escura, fria e nebulosa que compõem as paisagens naturais do Umbral.

Os postos de socorro são constantemente procurados por pessoas desesperadas e perdidas no Umbral querendo abrigo e ajuda.

Os espíritos que vivem no Umbral ainda estão muito ligados ao mundo material. Por isso, sofrem aqui – diz Lucas.

Alguns desses postos de socorro ficam em uma região transitória entre a Terra e muito próximas do Umbral. Um lugar que eles chamam de transição. Uma colônia, assim podemos chamar.

Esses são destinados a socorrer e orientar espíritos recém-desencarnados.

Pessoas que acabam de morrer costumam ficar totalmente desorientadas. Muitas não sabem que estão mortas. É fácil imaginar o sentimento horrível e a loucura que uma pessoa nessa situação pode passar.

Estes postos estão localizados no mundo invisível exatamente no mesmo local onde estão hospitais, cemitérios, sanatórios, presídios, igrejas, centros espíritas etc. São nesses locais onde se pode encontrar o espírito de pessoas que acabam de desencarnar ou que estão procurando por algum tipo de ajuda.

São construções energéticas que, para os espíritos naquela frequência, são tão sólidos quanto os objetos desta nossa dimensão terrestre.

Os espíritos mais sutis atravessam esses ambientes porque são mais rarefeitos, mas, naquela dimensão, para quem está lá, os objetos são tão densos quanto os daqui são para nós.

A pessoa se vê num ambiente propício para a recepção de recém-desencarnados, onde o que sobrou do cordão de prata é então rompido.

A pessoa acorda num hospital extrafísico após a morte, não porque esteja doente, mas para romper essa conexão. Esses hospitais são locais de transição.

Dali ela passa para a dimensão correspondente ao seu nível.

Os laços, após desfeitos, libertam o espírito para seguir seu destino.

Nossos pensamentos e emoções se plasmam energeticamente em nossa aura, em nosso corpo perispiritual.

Assim, nós somos a somatória do que pensamos, sentimos e fazemos durante a vida.

A cada noite, quando nos desprendemos para fora do corpo físico, o corpo espiritual carrega a vibração de tudo que ocorreu naquele dia.

Na hora da morte, a vibração do corpo espiritual, ou seja, nosso perispírito, é a soma de tudo que você pensou, sentiu e fez durante uma vida inteira.

Pode-se dizer que cada pessoa que desencarna carrega um campo vital contendo tudo o que ela é como resultado de tudo o que desenvolveu e fez em vida.

Quem tem uma vibração 'x' no corpo espiritual, após a morte, é atraída para o plano extrafísico de uma dimensão 'x', compatível com a vibração que ela porta.

O plano espiritual é dividido em subdimensões.

Muitos as dividem em sete níveis, outros, em três.

Os que dividem em três fazem da seguinte maneira: plano astral denso, plano astral médio e plano astral superior.

No denso, estariam as pessoas complicadas, seria o chamado umbral, o Inferno.

O plano astral superior seria o Paraíso do Espiritismo.

E o plano astral médio seria onde se encontram as pessoas mais ou menos, ou seja, iguais a nós.

Em outras palavras, a maioria. – E o lugar que os espíritas chamam de Umbral? – A palavra umbral significa muro, e é a divisória entre o plano terrestre e o plano astral mais avançado.

Uma divisória vibracional, onde quem tem o corpo espiritual denso não atravessa, como uma peneira vibracional.

Uma vez, a Nina me disse que "Inferno e Paraíso são portáteis", você carrega dentro de si. Se estiver bem, o Paraíso está dentro de você.

Quando você sai do corpo nessa condição, você é atraído automaticamente por uma vibração semelhante à que existe em seu interior. – A passagem para o Paraíso está dentro de nós. – E o Inferno é a mesma coisa, é um estado íntimo.

Veja uma pessoa cheia de auto culpa e compare com aquela imagem clássica do diabo colocando alguém dentro da caldeira e espetando. A auto culpa espeta mais do que qualquer diabo, porque nem é preciso o Inferno vir de fora: ele já está dentro, e o diabo é você mesmo. Nosso paraíso é portátil levamos ele dentro de nós.

O Umbral é uma região muito pesada porque reflete o estado íntimo de quem lá está. Você encontra lugares que lembram abismos, cavernas escuras, tudo exteriorizado do subconsciente dos espíritos, como formas mentais. Quando você olha no fundo desses abismos, vê que está cheio de espíritos, mas eles não voam, são densos.

Você encontra favelas no plano espiritual, cidades medievais. Os espíritos vivem presos a formas mentais das quais, muitas vezes, são difíceis de escapar. São esses que os seres evoluídos buscam ajudar nessas dimensões.

Foi nesse lugar que eu e o Lucas nos encontramos com o Elias.

Logo que chegamos, encontramos o Elias desacordado, sujo, com o corpo cheio de chagas e muito mal vestido. Seu corpo estava pútrido e o estado psíquico do espírito era o pior possível.

Lucas se aproxima do moribundo, espalma a sua mão direita sobre a testa do rapaz, de onde sai um forte raio de luz verde, que incomoda Elias e o faz acordar.

Confuso sem entender muito bem o que está acontecendo, ele se assusta com a presença do iluminado Lucas.

– Quem é você? O que quer de mim?

– Tenha calma, meu rapaz, eu vim para te ajudar. – disse Lucas tentando levantar Elias, apoiando-o em seu braço direito.

Muito fraco, ele mal consegue ficar de pé. Lucas o apoia novamente, até que Elias consegue se sentar em um tronco podre de árvore caído ao lado daquele lamaçal fedido.

Não há luz naquele lugar. O chão está enlameado, faz frio e uma densa névoa envolve o iluminado Lucas e o pobre Elias.

– Quem é você?

– Eu me chamo Lucas.

– Por que você veio me ajudar? O que quer de mim?

– Precisamos contar a sua história para mais pessoas. Atendo a um pedido superior.

– Quem quer saber da minha história? Quem quer saber de mim? Pedido superior? Como assim?

– Muita gente, Elias. Muita gente precisa conhecer a sua vida e aprender através de sua experiência terrena.

Elias se refaz em silêncio, Lucas espera o pobre homem se refazer.

– Será que a minha desgraça, minha pobreza de espírito e tudo o que já passei para estar aqui poderão ser úteis a alguém sobre a face da terra? Não estou bem certo do que devo fazer nesse momento, aliás, não mereço nem a sua visita, meu amigo, pois vejo que você é um espírito iluminado, e sei muito bem em que condição me encontro. Se não sabes, sou um homem estudado das coisas do espiritismo, sei muito bem por que vim parar nesse maldito lugar. E quem daria importância a esse pobre e moribundo espírito?

Lucas tira da cintura um pequeno cantil com água fresca e oferece a Elias.

– Quer água?

– Nossa, há muito tempo não sei o que é um copo com água limpa. Quando eu não consigo mais resistir à minha sede, bebo dessa água imunda que está embaixo de nossos pés. Vivo dormindo para esquecer minhas mazelas.

– Tome, beba, essa é uma boa água e vai te fazer bem. – diz Lucas entregando a Elias o recipiente com água fresca.

Muito fraco, Elias leva o cantil à boca e se satisfaz bebendo várias goladas. Seu rosto está sujo e suja a borda do cantil, que ele tenta limpar com a manga da camisa negra de sujeira daquele lugar.

– Obrigado, Lucas. – agradece Elias.

– De nada. Sente-se melhor agora? – diz Lucas limpando definitivamente a borda do cantil.

– Sim, estou melhorando. Perdoe-me por sujar sua vasilha.

– Não há de que! Me diga uma coisa, qual o seu nome todo?

– Elias de Souza.

– Podes me falar um pouco sobre você?

– Sim, me chamo Elias de Souza, tenho quarenta e sete anos. Não sei muito bem há quanto tempo estou aqui, mas sei que fiz a maior burrice da vida. Aliás, a minha vida inteira foi uma burrice.

– Posso me sentar a seu lado? – diz Lucas.

– Sim, por favor!

Lucas se senta ao lado de Elias para ouvir a sua história.

Elias começa a chorar.

– Por que estás chorando?

– Estou muito arrependido do que fiz em toda a minha vida e emocionado em te receber aqui. Embora eu não te conheça, você me faz bem!

– Então chore primeiro. Quando se acalmar, voltamos a conversar.

– Estou há não sei quanto tempo aqui, Lucas, e choro todos os dias, meu amigo. As minhas lágrimas são minhas eternas companheiras. Todos os dias, o arrependimento espanca a minha alma com as lembranças daquilo que deixei de fazer. Recebo chibatadas do arrependimento daquilo que não fiz e que deveria ter feito.

– Não sabes há quanto tempo está aqui?

– Não, não sei, mas sei que não é pouco.

– Como sabes isso?

– Eu mereço mesmo é apodrecer nesse lugar, Lucas. O que fiz não pode ser perdoado. Eu não tenho certeza, aqui não se tem como contar o tempo, os dias são intermináveis, a noite é dia e o dia é noite, nunca sabemos por certo que dia é. Assim, não tenho muita ideia de tempo, mas acredito que são treze anos. O sol quase não aparece nesse lugar.

– Por que achas que são treze anos?

– Não sei explicar, sinto isso dentro de mim.

– E o que você fez de tão grave para estar aqui?

– Eu me suicidei. Você não sabe?

– Sim, eu sei, e esse é um dos motivos de estar aqui. Mas por que você fez isso?

– Por que eu tirei a minha própria vida?

– Sim, por que você fez isso?

– Eu mereço mesmo todo esse sofrimento. E pior, Lucas, sempre fui espírita. Sempre soube que não podia fazer isso, fiz milhares de palestras sobre esse tema, preguei, evangelizei, dirigi núcleos de evangelização, enfim, eu sou o verdadeiro fracasso. Não existe sobre o planeta um homem que tenha falhado tanto na vida quanto eu, Lucas.

– Você era espírita?

– Sim, eu nasci em uma casa espírita, meus pais sempre foram dirigentes de centro espírita, seguindo os meus avós, e olha só o que eu fiz comigo. Olhe bem o que resta de mim. Tudo começou com o meu querido avô, que tanto bem fez sem olhar a quem.

– Como foi que você se suicidou?

– Atirei com o meu próprio revólver em meu ouvido.

– É, eu posso ver isso.

– Como assim, pode ver isso?

– Há um buraco na sua cabeça bem na altura do ouvido. Lado esquerdo.

– Mas... como? – diz Elias tateando a lateral da cabeça na altura do ouvido esquerdo.

– Tem marcas aqui?

– Não tenho um espelho para lhe mostrar, mas a coisa foi feia.

Elias leva a mão novamente ao ouvido atingido pela bala, três de seus dedos entram dentro da cabeça. Ele se desespera.

– Meu Deus, tem um buraco enorme na minha cabeça.

– Certamente é a explosão da bala contra seu crânio. – diz Lucas.

– Mas por que isso está assim? Estou morto, tenho plena consciência disso. Eu morri com o tiro.

– Precisas de refazimento, Elias.

– E onde acho isso, onde me refaço?

– Nos postos de socorro que existem em todos os lugares, inclusive, há alguns aqui no umbral.

– Nunca os vi por aqui, embora tenha estudado muito sobre o tema. E obrigado pela confirmação.

– Que confirmação?

– De que eu estou no Umbral.

– Não sabias disso?

– Eu desconfiava. Você pode me levar a um lugar desse?

– Que lugar?

– Esse posto de socorro.

– Quando você estiver melhor, eu te levo a um.

– Lá eles consertam isso?

– Na verdade, isso é uma condensação fluídica de sua mente. Você criou isso em seu perispírito, só você pode curar, mas há mecanismos fluídicos que lhe auxiliarão muito nos postos de socorro. A conscientização é um excelente remédio.

– Como?

– Tenha paciência, no momento certo, vamos resolver essa questão, Elias.

– Olhe, Lucas, para o meu corpo, está pútrido, isso também você pode resolver, ou melhor, eles podem resolver isso lá?

– Pelo visto, estás há bastante tempo por aqui, Elias. Acredito que há mais de treze anos, como supõe.

– Você não sabe há quanto tempo estou aqui?

– Não, não sei, Elias.

– Mas eu mereço, mereço tudo isso. Não culpo a Deus pelo que acontece comigo. Só não sei se vai ter conserto, Lucas.

– Tudo tem conserto para Deus, Elias.

– Por que fiz isso comigo, Lucas?

– Talvez pela fé pequena. Mas por que atentaste contra a sua própria vida? Qual foi o motivo que te levou a fazer isso?

– Quer mesmo saber?

– Sim, gostaria muito de saber.

– Então, eu vou te contar como tudo aconteceu.

– Quer mais água? – diz Lucas pegando novamente o cantil.

– Sim, por favor. Obrigado, Lucas.

– Beba à vontade.

– Obrigado, Lucas.

Após várias goladas, Elias se ajeita no tronco de madeira para começar a contar a sua história. Embora ele não perceba, a água o está melhorando. Seu corpo começa a melhorar. Sua aparência já não é mais a mesma.

– Tudo começou quando eu fiz quinze anos. Eu não era um bom aluno na escola, meus pais, então, me obrigaram a frequentar o centro espírita fundado pelo meu avô Antônio após a morte da minha querida avó Maria.

– Meus pais acharam que, me levando para a doutrina espírita, eles me afastariam das más companhias que eram costumeiras em minha adolescência. Nós aprontávamos muito nas festas e, principalmente, na escola. Resultado: desempenho ruim, notas baixas e muitas reuniões de pais onde faltava pouco para me expulsarem.

Assim, comecei a frequentar o espiritismo muito cedo. Fazia o evangelho no lar, participei das escolas iniciáticas e da evangelização de jovens. Sempre me destaquei, me identifiquei com muitas coisas dos ensinamentos espíritas.

Foi na evangelização que conheci Nilce, e foi amor à primeira vista. No começo, foi muito difícil para nós, pois nossos pais proibiam nosso romance, eles diziam que éramos muito jovens, afinal, ela só tinha treze anos. Mas o amor foi inevitável. Nos apaixonamos e ficamos esperando o momento certo para nos envolvermos mais intimamente.

Eu me afastei dos amigos da rua, das festas, realmente o espiritismo me modificou muito. Modificou totalmente minha vida. Deixei de lado tudo o que há de ruim no mundo, me tornei um exemplo para todos e para toda a minha família.

Os anos foram passando até que, quando eu fiz dezessete anos, trocamos o primeiro beijo. Ela então com quinze.

Tudo perfeito. Amor de adolescente. Nossos pais aprovaram nosso romance.

Aos dezenove, comecei a dirigir parte do trabalho da casa espírita. Eu era o principal coordenador das evangelizações que ocorriam em nosso centro, de jovens, crianças e adultos.

Comecei, então, a palestrar por diversos centros espíritas. Eu era convidado todas as semanas para ministrar a palavra do evangelho pelos centros espíritas de minha cidade. Fui até convidado para palestrar na federação espírita Brasileira, eu sempre fui um exemplo de dedicação, respeito e amor ao espiritismo.

Todos estavam muito orgulhosos de mim. Aos vinte e oito anos, me formei, sou engenheiro. Foi quando arrumei o meu primeiro emprego e decidimos nos casar. Marcamos a data, mas dois dias antes de meu casamento, o meu pai sofreu um infarto e morreu em meus braços. Foi muito difícil para todos nós, o meu pai era a figura principal do nosso centro espírita. Meu mundo veio abaixo. A minha mãe não suportou a dor da morte de meu pai e, após um ano, também morreu, vítima de câncer de mama. Ela não quis se tratar, acreditava que eram os desígnios de Deus. Embora cristã, se entregou à morte.

Eu e Nilce ainda não tínhamos filhos. Ela era professora e eu, engenheiro. Tive que assumir o centro espírita e havia muita coisa errada que precisava ser consertada. Decidi assumir a presidência do centro e logo estabeleci novas regras para o dia a dia da casa espírita.

– O que havia de tão errado?

– Minha visão era de que havia muita coisa errada. Eu nunca aceitei o que o meu pai fazia, sempre fui contra a forma como ele dirigia o centro espírita. Meu pai era um cara muito aberto, mente aberta, sabe? Ele atendia a todos, estava sempre de portas abertas para qualquer tipo de gente. Acho que foi aí que eu me ferrei, Lucas.

– Como assim?

– Eu achava que espiritismo é lugar de gente inteligente, gente de um bom nível social, que não é casa de mendigos.

– E o que você fez? Como você chegou a essa conclusão?

– Lucas, você me encontrou desacordado e podre. Estou assim porque mereço ficar assim, mereço viver assim como disse.

– Você não pode ficar se punindo eternamente, Elias.

– Eu não estou me punindo, simplesmente esse sou eu, sou o que mereço ser nesse momento. Sei exatamente por que estou aqui. Estou colhendo aquilo que semeei, meu amigo, colheita.

– Você deveria começar a pensar diferente. Há sempre uma razão e uma solução para tudo.

– Por que devo pensar diferente?

– Nada justifica um sofrimento eterno. Ficar se punindo não vai te levar a lugar nenhum.

– Eu vou te contar algumas outras histórias, Lucas. Deixemos essa que estou te contando agora parada, vamos às minhas vidas anteriores, você poderá entender por que eu me sinto assim, por que vim parar aqui e por que mereço todo esse sofrimento.

– Você tem consciência de suas vidas anteriores?

– São elas que me atormentam e não me deixam sair desse maldito lugar. Já nem lembro a noite ou o dia em que consegui dormir. São lembranças que amargam e me destroem todos os dias.

– Se queres que seja assim, assim será – diz Lucas se ajeitando novamente, sentado ao lado de Elias.

– Eu sei que o que fiz é imperdoável, por isso sofro tanto, Lucas, eu tive muitas oportunidades e as joguei fora. Eu já fui um soldado Romano, fui um cacique indígena, fui médico. Eu também fui escravo, trazido da África para o Brasil em um navio negreiro. Tudo era, na verdade, um preparo para o que eu deveria ter feito e não fiz. Era tudo aprendizado que desperdicei.

Lucas ouve atentamente.

– Eu trabalhei por muitos anos em uma fazenda no interior de São Paulo. Fui trazido ao Brasil por um navio negreiro, eu vim da África, como te disse. E me lembro muito bem dessa vida, eu tinha doze anos de idade quando isso aconteceu. Fui capturado, e pude ver meus pais sendo assassinados por tentarem me proteger, eles lutaram muito com os homens que me capturaram e me levaram para o navio ancorado, esperando por outros assim como eu, o que de nada adiantou. Muito revoltado, fui comprado por um senhor de nome Francisco, ele me maltratou muito. Tudo começou assim:

" "

O espiritismo não é a religião do futuro, o espiritismo é o futuro das religiões.

Frei Daniel

Benedito

— Assim que o navio ancorou no Brasil, fomos levados ao mercado central, onde acontecia o leilão de escravos recém chegados da África e outros que eram negociados pelos comerciantes. Eu fui comprado e levado para a fazenda Boa Esperança, e logo que cheguei, fui apresentado a sinhá esposa do patrão.

Ele me levou para conhecê-la pela orelha, como se leva um bezerro recém-nascido.

– Olhe, Justina, o que comprei no mercado! – disse ele me apresentando à sua esposa.

– Que lindo escravo. Olha, ele tem dentes perfeitos!

– Pagaste quando por esse negrinho?

– Não foi caro, ele é muito jovem, deve ter uns onze a treze anos.

– E para que servirá esse menino?

– Ele vai crescer e será útil na plantação de café, mulher.

– Por ora, vamos utilizá-lo onde, Francisco?

– Onde você quiser.

– Está bem – disse Justina me levando para a cozinha pela orelha. Ela dizia que negro bom é negro que aguenta um bom puxão de orelha sem reclamar. Eu me senti como um animal nas mãos daquelas pessoas. Eu chorava por dentro de saudade dos meus pais, irmãos e familiares.

– Fui criado na senzala pelo negro Tião e outros negros que muito me ensinaram, meu nome nesta encarnação foi Benedito.

– Após me entregar à negra Luzia, que cuidou de mim com muito carinho, me banhando e me dando de comer, Justina pediu que eu ficasse à sua disposição para pequenas tarefas do lar.

– No começo, eu brincava com as outras crianças e fazia pequenas tarefas como debulhar milho, regar a horta, carregar água para os afazeres da casa principal, lavar tapetes, enfim, eu tinha uma vida boa.

– Sinhá Bela, a filha do patrão, era mais ou menos da minha idade. Na verdade, eu nunca soube direito quantos anos ela tinha. Mas crescemos juntos. Ela gostava de brincar comigo escondido dos pais, pois era proibido que ela se misturasse aos negros.

– Havia uma outra negra chamada Teresa, era ela quem fazia os remédios para todos nós. Profunda conhecedora das ervas, vó Teresa preparava desde chá até pomada para mordida de cobra. Ela se sentava no fundo da senzala e ficava por horas me explicando o poder das ervas. Toda vez que ela ia colhê-las, ela fazia questão de me levar, ela dizia:

– Benedito, vou fazer de você um velho feiticeiro. E assim fizemos durante alguns anos.

– Você aprendeu a fazer remédios?

– Todos os que você possa imaginar. Tínhamos remédio para tudo. Desde uma simples torção no pé até as feridas mais terríveis. Até mordida de cobra ou de escorpião.

– E o que aconteceu?

– Um dia, sinhá Bela ficou muito doente, o patrão mandou vir da cidade um médico. Ele examinou sinhá e passou para ela alguns comprimidos que ele mesmo fazia e vendia.

– Eu gostava muito de sinhá, ela era muito boa para nós. Os patrões não sabiam que nós fabricávamos magia naquela senzala.

– Que tipo de magia vocês faziam?

– Todas as que você possa imaginar. Por que éramos tão bem tratados pelos nossos senhores? Magia, amigo, magia.

– Nós fazíamos encanto e colocávamos esse pó de encanto no jantar da família duas vezes por semana.

– E para quê servia isso?

– Para que eles dormissem em sono profundo, assim, realizávamos nosso culto aos orixás e nossos rituais sem sermos perturbados e descobertos, é claro!

– Que maldade!

– Não era maldade, era nossa expressão. Era através do culto às divindades que mantínhamos a paz entre todos. Entende?

– Não faziam mal?

– Não, era uma poção que chamávamos de pó do sono. Um pouco no arroz e tudo está resolvido.

– E o que deu errado, então?

– Sinhá não melhorou com os remédios, o patrão então mandou novamente chamar o médico.

– Ele veio?

– Sim, veio e resolveu dormir aquelas noites na fazenda para acompanhar bem de perto os sintomas de sinhá. Segundo ele, ela precisava ser observada durante o sono, ela tinha muita febre à noite.

– Já sei, ele descobriu o remedinho de vocês, o tal pó do sono.

– Sim, ele não comia arroz. Fomos descobertos.

– Imagino o que deu.

– Quando fomos descobertos, o patrão reuniu todos os negros na senzala, chamou um a um perguntando do tal pó. Todos ficaram calados. Os que não falavam nada eram levados para a chibata. Éramos amarrados ao tronco e levávamos muitas chibatadas.

– Todos?

– Ele não aliviou nem mesmo as crianças.

– Alguém falou, então?

– Não, todos apanharam quietos. Até que ele pegou a nega Luzia e a amarrou no tronco. Nega Luzia não ia aguentar sequer uma chibatada. Ela era bem velha e eu já tinha os meus vinte e seis anos, era forte, não trabalhava na lavoura, estava mais preparado para apanhar no lugar dela.

– O que você fez então?

– Eu me atirei na frente do Nelson, o capataz, e falei que quem produzia o pó era eu.

– Para a surpresa de todos, o castigo parou naquela hora. O patrão mandou me amarrar no tronco e me dar cinquenta chibatadas, proibiu todos os negros de saírem da senzala por sete dias, sete dias sem água e sem comida. Aqueles que sobrevivessem poderiam voltar a trabalhar e comer, os que não sobrevivessem seriam dados de comida aos urubus.

– E você?

– Levei as cinquenta chibatadas e sobrevivi. Mas a maioria não sobreviveu. Morreram muitos dos que eu amava naquele lugar.

– E a nega Luzia?

– Foi a primeira a morrer. Ela tinha uma poção que ela chamava de poção do final. Ela me dizia que, se um dia algo desse muito errado na vida da nossa gente, ela tomaria aquela poção e nos deixaria. Foi a nega Teresa quem preparou a dose final. Haviam alguns mistérios que eles não partilhavam comigo.

– E o que aconteceu?

– Ela morreu na mesma noite. Além dela, morreram o negro Tião, que eu tinha como um pai, a negra Maria e mais seis crianças, que morreram de sede. O negro Justino se enforcou vendo seus filhos morrerem e eu não pude fazer nada. A negra Sebastiana também tomou a poção do fim.

– Quantos morreram?

– Muitos, alguns conseguiram escapar fugindo durante a noite, mas eles foram alcançados e mortos pelo Nelson, o terrível homem que tanto nos fazia mal.

– E o que aconteceu depois?

– Sinhá Bela não ficou boa. Ela piorava a cada dia que passava, aquela fazenda não era mais a fazenda mais bonita daquela região, ela começou a ficar escura, feia, as plantas já não tinham mais sinal de vida. Parece que o anjo da morte chegou para todos naquele lugar, passou a ser um lugar maldito. Parecia que havia caído sobre nós uma grande maldição.

– Mas o que realmente houve?

– Houve é que nós tínhamos muitas poções, muitas magias enterradas naquele lugar. Trouxemos isso da África, onde cultuávamos nossos Orixás. Os brancos, quando descobriram nossas firmezas e os nossos assentamentos, começaram a desenterrá-las e ateavam fogo em nossos fundamentos religiosos. Isso fez cair sobre aquela fazenda uma maldição.

– E você fez o que?

– Eu não podia fazer nada, eu fiquei quinze dias preso ao tronco após as cinquenta chibatadas. Só sobrevivi porque o tempo me ajudou, eu bebia água de chuva e comia os insetos que teimavam em grudar em meu corpo fedorento durante a noite. Algumas vezes, a negra Teresa me levava uma poção que me dava muita força e energia, assim sobrevivi àqueles dias.

– Meu Deus!

– Após os quinze dias, um negro de nome Jorge me soltou sem que o Nelson visse. Quando ele chegou e me viu caído ao chão, ele achou que eu realmente não sobreviveria. Mas nós tínhamos um esconderijo onde guardávamos as poções de cura. E eu comecei a tomar todos os dias a poção da vida de vó Teresa.

– Jorge pegou para mim um pote que eu mandei buscar nas coisas de Teresa. Passei a pomada em todo o meu corpo, então as feridas cicatrizaram e eu me recuperei em poucos dias. Sinhá ainda estava viva, eu gostava muito dela.

– E o Jorge?

– Voltou para a outra senzala. Lá, haviam mais de três senzalas. A fazenda era de produção de café. Haviam muitos negros naquele lugar. Mais de cem, se não me engano.

– Depois que eu me recuperei, fui até o quarto de sinhá Bela em uma noite. Mal a reconheci, na verdade, ela não tinha doença, haviam espíritos malignos tomando conta daquele frágil corpo de menina mulher. Ela estava era possuída. Magra e muito doente, ela mal conseguia respirar.

– Então não adiantavam as pomadas, os remédios, as poções.

– Nada iria adiantar. Só magia poderia salvar aquela menina.

– Eu vi os olhos da besta quando entrei no quarto escuro da sinhá.

– E o que você fez?

– Eu já era um profundo conhecedor das magias de cura, mas eu não entendia nada de magia possessiva, obsessão essas coisas, eu não sabia como lidar com esses espíritos. A negra Teresa não havia me ensinado a afastar esses espíritos. Na verdade, eu acho que ela não sabia esse mistério.

– Então não teve saída?

– Teve, pior que teve. Eu sabia de um negro chamado Cipriano, ele vivia em uma outra propriedade um pouco distante dali. Diziam os negros que Cipriano era o melhor feiticeiro daquela região, diziam que ele era capaz de colocar o diabo para dormir, tamanho era seu conhecimento e poder místico.

– O que você fez, então?

– Em uma noite fria de inverno, eu fugi da senzala em direção às terras onde vivia Cipriano.

– Você o achou?

– Depois de três dias de caminhada na mata, finalmente eu cheguei a fazenda Santa Barbara. Sorrateiramente, me misturei aos negros do cafezal, os capatazes nem me perceberam. Trabalhei durante dois dias até ser levado para a senzala. Lá era assim, você ficava dois dias no cafezal trabalhando e era levado no terceiro dia para descansar na senzala. Trabalhávamos dois e descansávamos um.

– Foi quando eu vi o maior negro da minha vida.

– Maior? como assim?

– Cipriano parecia ter uns dois metros de altura, era um negro forte e muito alto.

– E ele fazia o que naquela fazenda?

– Era ele quem cuidava de todo o pessoal.

– Um negro capataz?

– Incrível isso, né? Mas ele era tão poderoso que encantou os seus patrões, que o transformaram em capataz. Tinha uma vida boa, profundo conhecedor de magia. Todos trabalhavam e eram muito felizes naquela fazenda.

– Caramba, poderoso mesmo o Cipriano.

– Coloca poderoso nisso, ele era o único negro escravo que tinha três esposas na senzala, tinha quarto próprio, cozinha própria e muitas outras coisas. Cipriano nunca precisou brigar com ninguém, ele fazia magias, magia para tudo, magia para manter a paz, magia para dominar os patrões, magia para obter tudo o que ele queria.

– Que linda história, Elias. E você falou com ele sobre sinhá?

– Sim, quando consegui ser atendido por ele.

– O que ele disse?

– Disse que me ajudaria só pelo fato de eu ter me infiltrado em seu grupo e não ter sido descoberto, ele achou aquilo fantástico. Como um negro jovem como eu, chego em suas terras, me infiltro entre seus negros e não sou descoberto? Nem a poderosa magia dele o fez perceber a minha presença.

– O que ele fez?

– Ele me deu um pó, uma magia para que eu pudesse espalhar no quarto de sinhá Bela. Ele me ensinou umas rezas, uns preceitos que eu deveria fazer e praticar o ritual da purificação no quarto de sinhá. Eu deveria soprar aquele pó em suas narinas enquanto ela estivesse dormindo.

– Você conseguiu?

– Sim. Após alguns dias, eu voltei, fiz todo o ritual durante a madrugada. Eu soprei o pó em sinhá Bela.

– E ela ficou boa?

– Isso eu não sei.

– Como assim? Você disse que sim ainda há pouco.

– Ao chegar a fazenda, logo me misturei aos outros escravos. Esperei o momento certo para ajudar sinhá. Passaram alguns dias até que eu conseguisse ter acesso ao quarto dela, foi Justina, a esposa de meu patrão, quem me ajudou, afinal, eles já haviam tentado de tudo e nada tirava sinhá daquele estado. Falei com ela sobre Cipriano, que ela já tinha ouvido falar. Ela, então, me ajudou a cuidar de sinhá.

No dia em que estava tudo acertado para o ritual de purificação, ficamos esperando o patrão dormir. Justina o levou para a cama, mas o que não sabíamos é que o nosso plano havia sido descoberto. Um negro de nome Antônio tinha ouvido a nossa conversa na cozinha e contou para o patrão.

– E aí?

– Tudo correu normal. Francisco, o meu patrão, era um homem muito mau, mas ele já não sabia mais o que fazer para salvar a sua única filha, então ele resolveu esperar eu fazer todo o ritual para, ao final, me prender. Ele apostaria em minha magia. Mas queria o meu castigo.

– E você fez o ritual?

– Sim, fiz tudo direitinho. Acendi as velas, rezei sinhá com folhas de goiabeira nas mãos, cruzei todo o quarto, espalhei o pó em todos os cantos e soprei em suas narinas. Foi um momento mágico para mim, pois fiquei bem pertinho de seu rosto e vi o quanto sinhá era bonita e cheirosa. No final, como me mandou Cipriano, pedi a Justina que esfregasse em todo o corpo de sinhá uma pomada que ele me deu.

– E o que aconteceu depois?

– Quando cheguei na senzala, estavam lá me esperando o Nelson e o meu patrão Francisco. Ele ordenou que eu fosse levado naquela hora mesmo. No frio. Ordenou que fosse retirada toda a minha roupa e que eu levasse quantas chicotadas fossem suficientes para me matar.

– Eles te mataram?

– Sim, morri naquele tronco sem saber se curei sinhá.

– Mas por que você me respondeu que curou ela?

– Porque eu acredito em magia.

– A fé é capaz de muitas coisas, Elias. Mas e depois?

– Acordei em um lugar muito parecido com esse aqui. Reencontrei a negra Luzia e ela cuidou novamente de mim, ela e o negro Tião.

– E depois?

– Depois me ofereceram uma outra vida.

– Outra vida?

– Sim, me ofereceram encarnar como médico.

– E você aceitou?

– Sim, eu precisava expurgar a minha vida como cacique.

– Essa você também vai me contar?

– Sim, é essa que vou te contar agora.

– Tens muitas histórias, Elias.

– Todos nós temos muitas histórias, Lucas.

– É, eu sei. E como sei!

– Alguns têm lindas histórias para contar, outros, nem tanto. Não é, Lucas?

– São essas as suas histórias, Elias?

– São essas as purgatórias. Como sabes, já tivemos muitas vidas, e tudo aquilo que adquirimos nas vidas sucessivas montam em nós um patrimônio espiritual. Uma construção eterna. Alguns juntam tesouros, outros, desgraças. Há ainda aqueles que acham que nossos tesouros são as conquistas matérias, infelizmente, esses estão povoando, nesse momento, o Umbral.

– Livre-arbítrio, Elias, livre-arbítrio.

– Isso, isso mesmo. Somos e seremos sempre livres.

– Aposto que você aprendeu tudo isso no espiritismo!

– O espiritismo é uma escola da alma. Ele edifica o Ser Maior que há dentro de cada um de nós. Se não fosse o espiritismo, nem sei o que seria de mim. Eu aprendi muita coisa nos encontros espíritas, aprendi coisas muito boas, mas, infelizmente, aprendi coisas ruins também.

– Como assim, Elias?

– Ah, Lucas, como é bom o convívio com os irmãos caridosos. Como é bom poder ajudar os que sofrem, como é bom alimentar os famintos, iluminar os que andam em trevas e abraçar os que se sentem sozinhos. Aprendi muita coisa boa no espiritismo. Fui um dos palestrantes mais famosos dessa doutrina, eu me deslocava todos os fins de semana para pregar o evangelho vivo de Jesus a tantos corações aflitos, quantas almas ajudei. Quantos abraços sinceros recebi, quantos olhinhos vi brilhar em minha frente quando pregava. Era muito bom ser espírita.

Por alguns minutos Elias fica em silêncio.

Lucas, ao seu lado, permanece calado esperando o momento certo para prosseguirem com aquela conversa.

– Sabe, Lucas, queres saber quem és? Ganhe o poder.

– O que houve, Elias?

– Quando a fama veio junto com minhas pregações, quando a direção da casa espírita caiu no meu colo com a morte de meus pais, quando eu vi que uma multidão de pessoas vinha de lugares distantes só para ouvir minhas palavras, o ego e a soberba invadiram o meu ser. O poder é arma perigosa da alma.

– Passei a escrever livros doutrinários. E viajava por todo o país para divulgar aquilo que eu acreditava ser espiritismo. Humilhei muita gente. Tratei mal quem queria o meu bem pois eu achava que o espiritismo tinha que ser do meu jeito, e não do jeito que Jesus falava em meu coração.

– Não fique assim, Elias. Beba mais um pouco de água. – diz Lucas lhe oferecendo novamente o cantil.

Elias bebe novamente muita água.

– Está com sede?

– Tenho aqui a mesma sede que tinha quando estava amarrado àquele tronco naquela fazenda em meus últimos segundos de vida.

– Sofres aqui, Elias?

– Olhe para mim, o que achas?

– Estás muito ruim mesmo.

– Isso é o que sobrou de uma encarnação suicida.

– O que tens vontade de fazer?

– Eu tenho muitas coisas que gostaria de fazer, mas estou preso a esse lugar. Todas as vezes que tentei sair daqui, confesso, não achei o caminho.

– Eu cheguei aqui pela estrada ao sul. Foi fácil te encontrar.

– Não passo por lá. Há uns homens que não me deixam passar por lá.

– Já tentaste a estrada norte?

– Ela nos leva a um lugar ainda pior que esse, eu não consigo enxergar nada lá.

– Quanto tempo você está aqui? Digo, desde que você chegou, você está no mesmo lugar, não conseguiste andar por aqui?

– Nunca consegui sair desse maldito lugar. Já tentei várias vezes me locomover dentro desse lugar. Já tentei ir para o leste, para o oeste, para o norte, para o sul, e nada. Eu estou preso nessa bolha de sofrimento.

– Eu posso te perguntar uma outra coisa, Elias?

– Sim, Lucas, fique à vontade, afinal, tenho muito assunto para você. Estou há muito tempo sem conversar com ninguém, eu ficaria aqui o resto da vida conversando com você, amigo. E quer saber? Essa sua água é mágica, sinto-me bem melhor agora.

– Você teve filhos com sua esposa Nilce?

– Nilce não podia ter filhos. Até tentamos algumas vezes, mas fracassamos.

– Como assim?

– Acho que o útero dela não segurava o bebê, não sei bem. Esse assunto sempre foi tabu dentro de minha casa. Foram várias tentativas. Como cristãos espíritas que somos, compreendemos que não era da vontade do Senhor que tivéssemos um filho.

– Você se lembra da oportunidade em que tiveste para abrir um orfanato?

– Como sabes disso, Lucas?

– Eu sei de muitas coisas sobre você, Elias. E é por isso que eu estou aqui.

– Sequer perguntei o motivo de sua presença, Lucas, perdoe-me. Sou um tolo mesmo.

– Eu vim para te ajudar, lembra?

– Sim, me lembro. Por ordens superiores.

– Sim, por ordens superiores.

– Você vai me explicar isso?

– No momento oportuno, eu vou te revelar de quem são as ordens superiores.

– Sou grato, Lucas.

– Mas, me fale, por que você não abriu o orfanato? – insiste Lucas.

– Não tínhamos dinheiro. Na verdade, nos faltou coragem, porque o dinheiro nunca nos foi problema. As doações sempre foram fartas e nos ajudava a manter nossa vida e o centro espírita. Meus livros vendiam muito bem.

– Acho que você deveria ter aberto o orfanato. – diz Lucas.

– Por que?

– Quantas crianças haviam órfãs como você naquela fazenda?

– Umas trinta, aproximadamente.

– Eram essas trinta que você tinha que cuidar, Elias.

– Como assim, tinha que cuidar?

– Talvez a doença de Nilce fosse o motivo que vocês precisavam para ter a coragem de acolher aqueles espíritos que precisavam de amor paterno e materno para completarem suas existências terrenas.

– Tá vendo?

– O que, Elias?

– Tá vendo o que o ego, a vaidade e a falta de amor em um coração são capazes de fazer?

– Você tinha muito amor em seu coração, eu acho sinceramente que lhe faltou direção, acho que você não ouviu muito bem o seu mentor espiritual.

– Agora, com você falando isso, eu me lembro de um sonho.

– Que sonho?

– Lembro-me de ter sonhado um dia com sinhá, mas eu não sabia que era ela. Hoje, tenho essa consciência, eu me lembro, era sinhá.

– Como foi o sonho?

– Ela apareceu para mim com todas as crianças negras que viveram comigo naquela época. Ela cuidava de todas elas e sorria para mim.

– Elias, eu tenho uma coisa para te revelar, se me permites.

– Diga, Lucas, diga logo o que tens a me revelar.

– Olhe para essa tela mental.

Lucas coloca a sua mão espalmada sobre os olhos de Elias, que, imediatamente, entra em uma visão.

– Consegues me acompanhar?

– Sim, Lucas, eu posso te acompanhar.

– Está vendo tudo nitidamente?

– Sim, Lucas!

– Então, me siga.

Lucas caminha entre os cafezais daquela fazenda, as plantas estão floridas, as flores brancas de setembro perfumam o lugar.

Tudo é limpo, o caminho os leva a uma pequena casa de um só cômodo. Uma pequena escola construída no meio dos cafezais.

As janelas estão abertas e há várias crianças sentadas em suas carteiras estudando o que uma linda jovem professora passa no quadro. Ela tem as mãos sujas de giz.

Uns anotam a escrita e outras olham fixadas na explicação da linda jovem.

Lucas leva Elias até a janela maior e se eles debruçam para assistir a aula do dia.

Ela explica português.

Elias começa a chorar emocionado.

Lucas estende seu braço sobre o ombro do rapaz tentando acalmá-lo.

– É ela, Lucas, é ela.

– Sim, ela não morreu, e logo que você desencarnou, ela, em gratidão a você, que salvou a vida dela, pediu ao seu pai que construísse essa escola, e lecionou aqui até os seus últimos dias de vida. Ela ensinou todos os negros a ler e escrever.

– Meu Deus, o que fiz?!

– Você fez uma coisa muito boa, Elias. E olhe a placa acima da porta de entrada da escola.

Elias se afasta para olhar a placa que diz:

"Escola Infantil Pai Benedito"

– Meu Deus! – diz Elias se ajoelhando.

Lucas novamente se aproxima de Elias e o levanta pelo braço direito.

– Elias, não pega bem um espírito como você ficar de joelhos diante de sua obra, levante-se. Sinhá está feliz com o que você fez.

– Lucas, como Deus é bom para mim. Eu tinha certeza de que a minha magia tinha curado sinhá.

– E que bom que ela reconheceu seu esforço e cuidou de todas as crianças daquele lugar. E quer saber mais?

– Sim, me conte.

– Olhe você mesmo!

Elias é levado a várias escolas, todas com o nome de sinhá Bela.

– Ela abriu outras escolas?

– Várias, Elias, várias escolas que até hoje recebem crianças pobres para estudar. Ela foi uma grande educadora.

– Meu Deus!

Muito emocionado, Elias chora nos braços do amigo Lucas.

Lucas retira a mão que estava sobre os olhos de Elias, que acorda dentro do Umbral novamente.

– Obrigado, Lucas, por te me mostrado isso. Eu nunca pensei que isso pudesse acontecer. Nunca mesmo!

– Estás mais calmo agora, Elias?

– Tenho paz em meu coração. A certeza do dever cumprido me enriquece a alma.

– Quer beber mais um pouco de água?

– Sim, obrigado, Lucas!

Elias bebe a água de Lucas e se senta novamente no tronco de madeira podre do lugar.

Lucas se senta a seu lado.

Por alguns minutos, eles ficam sentados em silêncio profundo.

Elias, calado, seca as lágrimas de seu rosto com um pedaço de pano emprestado por Lucas.

As horas passam...

> *Há mais mistérios nas coisas de Deus que nossa mente possa imaginar.*

Lucas

O cacique Raio Azul

— Lucas? – diz Elias interrompendo o silêncio que pairava naquele lugar.

– Sim.

– Eu agora quero te falar sobre a minha encarnação como índio.

– Sou todo ouvidos, Elias.

– Sabe, Lucas, Deus tem formas de nos ensinar que muitas vezes são incompreensíveis. Na verdade, eu acho que é nossa ignorância que nos afasta dos ensinamentos mais divinos.

– Como assim, Elias?

– As encarnações são como lições, ensinamentos que nos são impostos para nosso próprio bem. Nada está ao acaso, tudo tem um propósito para nos elevar aos olhos do Pai.

– Disso eu sei.

– Pois é. Vamos moldando nosso futuro através das sucessivas encarnações. Cada vida, um aprendizado. Cada derrota, uma lição. Eu tenho certeza de que já tive dezenas de encarnações, mas algumas não saem de minha lembrança, acho sinceramente que deveríamos olhar mais para dentro de nós mesmos e ver que aquilo que sabemos inconscientemente são, na verdade, lembranças necessárias à nossa evolução atual.

– Como chegaste a essa conclusão?

– Existem pessoas que já nascem sabendo fazer alguma coisa, coisas extraordinárias, por exemplo: uma criança que em tenra idade fala vários idiomas, outra que sabe tocar piano aos sete anos, outros que são extremamente inteligentes, inventores, artistas, pintores, escultores, arquitetos e por aí vai.

– Arquivos, Elias, memórias arquivadas no perispírito.

– Sim, estudei isso no espiritismo. E aprendi muito na vasta literatura sobre o tema.

– Por que falas disso agora?

– Lucas, eu estou nesse lugar há muito tempo, olha, eu estou preso a esse lugar por muito tempo, há uma força maior que me prende aqui. Eu não sei muito bem explicar como isso acontece, só sei que, por mais que eu mude minha vibração espiritual, eu não consigo sair daqui, parece que há algo que tenho que descobrir, algo que ainda me será revelado.

– Eu não tenho muitas informações sobre o que te prende a esse lugar, Elias, talvez seja o suicídio.

– Não, não é o suicídio que me prende aqui, eu já me arrependi muito pelo que fiz. Já pedi perdão a Deus de joelhos, já orei aos meus ancestrais, já pedi aos meus orixás, já fiz tudo o que sei e não sei para sair desse maldito lugar.

– Talvez você ainda não tenha cumprido o tempo necessário ao desmanche dessa energia que te aprisiona aqui no Umbral.

– Lucas, nós sabemos que colhemos exatamente aquilo que semeamos, né?

– Sim, certamente colhemos exatamente o que semeamos, nem um grão a mais.

– Pois bem, acompanhe o meu raciocínio, por favor.

– Vamos lá.

– Eu sempre fui um homem bom. Certo?

– Certo.

– Sempre fui honesto, sincero e verdadeiro.

– Certo.

– Eu nunca fiz mal a ninguém. Deixei de fazer algumas coisas, mas nunca me omiti diante de uma necessidade ou me escondi de um necessitado.

– Elas eram sinceras?

– Quem?

– As necessidades.

– Sim, sempre as julguei e agi de acordo com minha sabedoria.

– Certo.

– Casei-me, fui um homem dedicado, franco, respeitador e tudo o que um casamento exige.

– Muito bem!

– Fui palestrante, divulgador do espiritismo, escrevi livros, divulguei o evangelho, tratei bem todas as pessoas que me procuravam em busca de um conselho amigo.

– Muito bom!

– Nunca usei do dinheiro de caridade para me manter. Sempre respeitei, o dinheiro do centro espírita é do centro espírita, o meu é meu e eu o usava para meus caprichos e para me manter.

– Fez muito bem, Elias.

– Onde errei? Por que sofro tanto? Por que Nilce me traiu com outro homem? Onde errei, Lucas?

– Me diga uma coisa?

– Sim.

– Quais foram mesmo as encarnações que mais te marcaram?

– A do soldado Romano, do índio, a do Dr. Timóteo, quando eu fui médico, e a do velho Benedito. Eu tive outras de que tenho pequenas lembranças, mas essas são as que me torturam nesse lugar. Vivo me lembrando de quando fui médico, do índio e do soldado.

– Por que será que são essas que não saem de sua lembrança, Elias?

– É essa a pergunta da qual espero resposta. É esse o meu questionamento. É isso que tortura e me faz sofrer tanto.

– Você me disse que não consegue sair daqui e, mesmo que tente, sempre há algo que te impede, é isso?

– Sim, aqueles malditos que ficam à espreita. É só eu tentar me mexer que eles me perseguem e me atormentam tanto que eu volto correndo para esse lugar.

– Quem são?

– Olha, quando eu encarnei como índio, eu era o feiticeiro de nossa aldeia, não sei se te contei isso.

– Não. Essa parte do índio você disse que vai me contar agora.

– Pois bem, quando eu era índio, eu sabia como ninguém usar magia, fumaça, rezas e tudo mais. Eu era profundo conhecedor das coisas da natureza, conhecia o poder das ervas, das plantas, dos cipós, das árvores, dos animais, da vida animal, enfim, tudo o que um bom feiticeiro precisa saber para fazer uma boa magia. Na verdade, eram as lembranças do velho Benedito que pulsavam dentro de mim.

Naquela época, eu era muito procurado pelos brancos para fazer todo tipo de magia. E eu era muito bom no que fazia, podes crer.

Fiz muita coisa boa e muita coisa ruim também. Trabalhava com os deuses da natureza e os deuses da maldade também. Eu sempre soube muito bem como cuidar das doenças, das crianças, das feridas, das rezas e, algumas vezes, me utilizei dos espíritos trevais.

– Espíritos trevais?

– Sim, espíritos que vivem nas trevas.

– Viste nesse lugar aqui?

– Fica ao norte de onde estamos agora. Nem me atrevo a ir nessa direção. Eu sempre os respeitei, algumas vezes, fiz magias me utilizando desses espíritos. Das vezes que tentei sair daqui pelo norte, eu dei de cara com eles.

– Quem são?

– Chamávamos eles de Exus. Agora, estando aqui, eu compreendo que, na verdade, eu não sabia era de nada. Eu invocava Exus e recebia a colaboração desses espíritos trevais.

– Você não encontrou eles aqui?

– Quem?

– Os Exus.

– Não, Lucas, exus não vivem nessa região.

– Onde vivem, então?

– Vivem mais perto da psicosfera terrena. Eles são muito úteis lá. São, na verdade, o equilíbrio. São bons e ajudam muita gente.

– Então quer dizer que eles não fazem mal?

– Não, Exus não são demônios. Exus são espíritos que escolheram viver nessa condição para ajudar no equilíbrio entre o bem e o mal, o branco e o preto, o claro e o escuro, o de cima e o de baixo, e por aí vai. São trabalhadores do equilíbrio entre o negativo e o positivo, entre a esquerda e a direita. Entende?

– Então quem eram os demônios que vocês invocavam para fazer o mal?

– Não sei muito bem, Lucas. Acho sinceramente que nunca deveria ter mexido com esses espíritos. Aprendi que não se deve mexer com aquilo que não se conhece e que não temos certeza do que realmente é. Foram eles que me ferraram.

– E mesmo assim você os invocava?

– Sim, mesmo sem profundo conhecimento, eu os invocava. Eu era muito procurado pelas pessoas que precisavam de meus serviços e eles me pagavam muito bem para terem as coisas que queriam.

– E você cobrava por isso?

– Sim, eu era índio, e não cristão.

– E funcionava?

– Sim, o mal funciona, Lucas. Ele funciona em todos os lugares, basta você se alinhar a ele.

– E o bem?

– Esse é o que nós nunca devemos nos afastar.

– O que as pessoas pediam para você e você pedia para eles naquela época?

– Ah, coisas como dinheiro, sucesso, fama, mulheres, enfim, tudo o que eles precisavam para se destacar frente aos outros que não tinham o conhecimento da magia.

– Poder?

– Sim, muitos me procuravam para pedir poder.

– Então você usava da magia boa para as coisas boas e da magia ruim para as coisa ruins, é isso?

– Sim, existe magia para tudo, Lucas.

– E agora?

– Agora eu tenho plena consciência de que eu não deveria ter invocado aquilo que eu não conhecia. Aliás, a gente nunca deve mexer com aquilo que não conhece muito bem. É muito perigoso mexer com o invisível. Esse mistério que existe entre um plano e outro é algo ainda incompreensível para pessoas como eu, embora tenha encarnado algumas vezes com o poder da magia.

– Por que?

– Vou te contar como desencarnei naquela vida. Quer saber?

– Sim, claro.

– Vamos lá.

– Sou todo ouvidos.

– Eu era jovem, o meu avô era conhecido como o cacique Raio Azul, foi ele quem me deu os conhecimentos da magia. Ele era muito legal comigo, sempre me amou muito, eu era o seu neto predileto. Jovem, forte, bonito e atlético, namorei todas as índias de nossa aldeia. Eu era, na verdade, um galã.

Nossa tribo indígena estava localizada muito próxima a uma grande cidade. Eu era Guarani, disso eu lembro muito bem.

Muito moço e não tendo mais nenhuma menina na minha aldeia para eu namorar, recebi a permissão de meu avô para procurar diversão nessa grande cidade. Eu tinha um belo cavalo e as meninas eram loucas pelos índios. Nós tínhamos também caminhonetes, o que elas adoravam.

Assim, conquistei fama, poder e dinheiro. Os brancos me pagavam pela magia. Ganhei muito dinheiro, Lucas.

– Por quanto tempo você fez isso?

– Uns onze anos, aproximadamente.

– Durante onze anos você frequentou a cidade grande?

– Sim, foi quando eu me apaixonei por uma jovem de nome Joana.

– E?

– E aí começou a minha desgraça.

– Por que?

– Ela era filha de um político famoso. Ele, o pai dela, não queria de forma alguma que ficássemos juntos.

– E ela?

– Eu fiz magia para tê-la para sempre.

– Funcionou?

– Sim, e como. Ela já não conseguia mais viver sem mim. E pior, eu usei a magia nela de forma que ela não tinha mais olhos para ninguém, somente para mim. Nem os seus pais e irmãos ela respeitava mais, ela fugia de casa para ficar na minha aldeia. Ela fazia tudo para poder ficar ao meu lado.

– E o que aconteceu?

– O pai dela não queria de forma nenhuma que nós nos relacionássemos. Ele fez de tudo. Usou de sua influência política para me prejudicar, e como não conseguiu, resolveu prejudicar a minha gente.

Ele foi eleito prefeito da cidade e começou a nos perseguir. Até que, um dia, seus capangas foram até a nossa aldeia a noite para buscar Joana. Ela já estava comigo há algumas semanas.

– E conseguiram?

– Sim, eles a levaram à força. Mas, poucos dias depois, o prefeito mandou nos expulsar de nossas terras sob o pretexto de que éramos invasores.

– E Joana?

– Já estava comigo novamente.

– E o que aconteceu, então?

– Dessa vez, vieram não só os capangas do prefeito, mas também policiais e outros de ordem federal. A batalha foi inevitável. Muitos de nós se feriram, eu não podia ver a minha gente sofrendo tudo aquilo somente porque nós nos amávamos. No final, Lucas, a magia virou-se contra o feiticeiro e, quando dei por mim, eu estava completamente apaixonado por Joana e nada do que eles fizessem iria nos separar. Eu a amava muito.

– E então?

– Então eu e Joana, no meio daquela confusão, nos embrenhamos na mata densa e fugimos para bem longe.

– E sua tribo?

– Foi espancada e expulsa de nossas terras. Havia um documento da justiça dando ao prefeito o direito de tomar as nossas terras. Na verdade, haviam grileiros e garimpeiros que roubavam o nosso ouro, mas nada podíamos fazer, éramos apenas duzentos índios mais ou menos.

– E vocês?

– Fugimos por três dias, nos embrenhamos na mata, como falei, eu, Joana e Jaguará, meu melhor amigo. Ficamos alguns dias escondidos, fugindo dos capangas do prefeito, que insistia em me pegar e resgatar a sua filha.

– E ela?

– Apaixonada, não queria saber mais dos pais dela. Ela só queria saber de mim.

– O que aconteceu depois?

– Ficamos assim por uns dois meses, fugindo. Até que um dia eu resolvi deixá-la próxima a cidade na intenção de ser encontrada. Ela precisava me trazer notícias.

– Eles a encontraram?

– Sim.

– E você?

– Fiquei triste, mas eu precisava preservar a minha gente. Pensei "vou deixar as coisas esfriarem, depois eu procuro por ela e fugimos para bem longe. Assim, fico sabendo o que aconteceu".

– Ela concordou?

– Sim, ela sabia que eu amava muito minha tribo. E nós precisávamos dar um fim a tudo aquilo.

– E vocês o que fizeram?

– Eu e Jaguará voltamos para procurar a nossa gente.

– Vocês encontraram eles?

– Minha gente havia se espalhado pela floresta, meus pais seguiram para outra tribo da mesma etnia e levaram com eles meus irmãos. Mas o mais triste me esperava naquela tarde.

– O que aconteceu?

– Os capangas do prefeito penduraram o meu pobre avô em uma árvore. Ele morreu sozinho dentro da mata. Foi muito triste o que vi naquele dia. Me ajoelhei e chorei por horas sem parar. Jaguará tentava me consolar, mas era inexplicável aquela maldade. Eu fiquei com muito ódio em meu coração. Fiquei cego de ódio.

Jurei me vingar. E assim, planejei a morte do meu grande amor. Eu fiquei três dias na mata a procura de erva

Timbó, preparei uma dose bem forte para que ela não sofresse. Meu plano era matá-la e depois tomar a poção para morrer junto com ela. Eu só queria mesmo era ver a cara daquele desgraçado quando encontrasse a sua filha morta.

– E você conseguiu?

– Eu espreitei a casa dela por alguns dias até que, em uma tarde, eu vi que todos tinham saído. Fui até os fundos da grande propriedade e assoviei como era de costume me comunicar com ela naquela época.

– Ela ouviu?

– Sim, o meu assobio era inconfundível. Ela apareceu na janela e me viu na mata. Rapidamente, ela se trocou, pegou alguns pertences e me seguiu para dentro da floresta.

Nos amamos pela última noite. Ficamos tomando banho de rio e fizemos amor muitas vezes. Éramos muito apaixonados.

– E você teve coragem de matar o seu grande amor?

– Era questão de honra, eu precisava me vingar do pai dela. A cena do meu avô pendurado e morto não saia da minha mente. E eu também não iria viver mais.

– O que você fez, então?

– Antes de dormir, dei a ela e poção da morte, guardei um pouco para mim. Eu precisava morrer com ela, eu estava decidido.

– Você se suicidou?

– Não. Fui covarde. Foi aí que tudo piorou para mim.

– E ela?

– Morreu em meus braços. Eu carreguei o seu corpo por toda a noite até chegar bem perto da casa dela. Lá, eu me despedi do meu amor. Eu jurei "eu precisava ver a cara daquele desgraçado quando encontrasse a sua filha morta". Meu coração estava tomado pela vingança e pelo ódio.

– O que você fez?

– Subi na árvore mais alta e fiquei à espera das pessoas que iriam procurar por ela.

– Isso aconteceu?

– Sim, no dia seguinte, um grupo de capangas do prefeito entrou mata adentro e não foi tão difícil assim achar Joana morta. Eu me deliciei, estava vingado.

– E o que você fez depois?

– Passadas algumas horas, sequei minhas lágrimas e desci da árvore, me embrenhei na mata novamente. Eles sabiam que fui eu quem a matou. Não havia dúvida de que eu era o autor daquela tragédia.

– Quanto tempo tem isso?

– Tempo? Como assim?

– Há quantos anos isso aconteceu?

– Não, sei bem ao certo, mas fazem muitos anos, com certeza. Por que você perguntou isso?

– Só para saber. O que você fez depois?

– Fui à procura de meus pais.

– Você os encontrou?

– Sim, eles estavam em outra tribo. Mas a notícia correu por toda a região e eu estava sendo caçado pelo prefeito e seus capangas.

– E depois disso?

– Como eu não podia dar segurança à minha gente, a saída foi viver isolado dentro da mata. Eu vivi assim durante um bom tempo, até que, novamente, as pessoas começaram a me procurar por causa das magias. Eu já não tinha mais como sobreviver, o luxo, as coisas que a fama e o dinheiro me trouxeram começaram a me fazer falta.

– Você ainda tinha cabeça para fazer magias?

– Até hoje eu sei fazer magia, Lucas. As coisas que a gente aprende nas encarnações ficam tatuadas em nós, você sabe disso.

– Sim, eu sei disso, mas como é que você conseguiu se lembrar de tudo?

– Logo que cheguei a esse lugar, Lucas, todas as minhas lembranças se acenderam dentro de mim. Lembro-me de cada detalhe, de cada erva, de cada magia. Se eu tivesse aqui uma mata ou umas ervas, certamente teria feito uma magia para afastar esses malditos que não me deixam em paz.

– Tens uma boa memória, Elias.

– Memórias, Lucas, memórias, e são elas que me atormentam. E o pior, Lucas, ainda estava por vir.

– Ainda tem coisa pior do que tirar uma vida? Tem coisa pior do que matar uma menina inocente?

– Não, não há nada pior do que tirar uma vida, mas a morte chegou para mim na mesma forma que chegou para Joana.

– O que te aconteceu?

– Um dia eu estava na beira do rio tentando pegar uma tartaruga para fazer uma sopa para mim e levar um pedaço para os meus pais, tartaruga é um excelente alimento para os índios e tem magias incríveis que podemos fazer com elas. Eu estava com saudades de todo mundo e queria agradá-los.

– Nem vamos registrar isso, por favor!

– Não vou contar isso.

– Ainda bem!

– Eu estava mergulhando atrás de uma tartaruga quando fui alcançado por uma enorme sucuri.

– E então?

– Ela me pegou com seu abraço mortal. Lutei por horas até que ela espertamente me levou para o fundo do rio e me afogou.

– Ela te afogou?

– Sim, perdi as forças, mas não perdi a consciência. Meu espírito ficou por dias preso àquele corpo comido pela sucuri. Ela me engoliu lentamente. Eu podia sentir as enzimas do estômago da cobra que corroíam as minhas carnes aos poucos. Que castigo, Lucas, sofri naquela morte. Vendo aquela maldita cobra me engolindo e nada podendo fazer, eu não conseguia me livrar do meu corpo. Fiquei preso a ele por muitos dias.

– E depois?

– Após alguns dias, eu acordei caído a beira do rio, eu estava muito atordoado. Sabia que tinha morrido e estava muito arrependido de tudo o que havia feito. Foi quando o meu velho avô me apareceu, ele me levantou do chão. Lembro-me que o abracei com força, ele me levantou e começamos a caminhar em direção a uma forte luz de cor azul. Entramos nela sem falar nenhuma palavra, parecia que conversávamos pela mente.

– E depois?

– Após entrarmos na luz, chegamos a um lugar muito bonito, uma colônia espiritual que eles me apresentaram como sendo Aruanda.

– Conheço.

– É lindo lá, não é, Lucas?

– Sim, muito bonita, Aruanda é uma das mais antigas colônias espirituais sobre o orbe terreno.

– Ao chegar em Aruanda, fui recebido por Demétrius, o diretor do lugar. Ele me levou para uma câmara de refazimento, esse mesmo que você me diz que preciso, e em poucos dias, eu já estava restabelecido e pronto para pagar pelos meu erros. Encontrei-me com muitos amigos índios naquela colônia. Agora, compreendo o que é um pronto socorro que você me falou ainda pouco, é como na colônia, né, Lucas?

– Sim, são preparados para o refazimento do espírito.

– Você conheceu o Demétrius?

– Sim. O Demétrius é sensacional, eu o conheço bem.

– Poxa, Lucas, como tenho orado para ele vir aqui me ajudar. Posso te assegurar que espírito bondoso igual ao Demétrius eu ainda não encontrei em nenhum lugar.

– Ele é de Aruanda, Elias. Não transita por esses lugares.

– É, eu sei, ele está em outra dimensão, outro lugar.

– E então, quanto tempo ficaste em Aruanda?

– Pouco tempo, foram aproximadamente dois anos. Demétrius me ensinou muita coisa e eu também partilhei com eles tudo o que havia aprendido naquela encarnação.

– As magias?

– Não, ele não quis saber disso. Sabe, Lucas, eu tenho falado muito de magia até agora, mas, na verdade, as minhas encarnações serviram para muita coisa, destaco a magia porque acho que é ela quem me prendeu aqui.

– E então, me conte, o que aconteceu depois?

– Após alguns anos em Aruanda, Demétrius me mostrou a possibilidade e a oportunidade de resgatar o que eu havia feito a Joana.

– E ela, onde estava?

– Em uma colônia distante.

– Você não teve contato com ela?

– Não. Embora tivéssemos nos amado muito, nosso amor nos foi condicionado por uma magia, e não pelas leis naturais da evolução.

– Entendo, um amor forçado.

– Sim, não havia propósitos espirituais em nossa relação. Se não fosse por causa da magia, eu nunca teria cruzado o caminho dela. Embora tenha me apaixonado perdidamente por ela.

– Então, você acabou contraindo uma dívida evolutiva com ela?

– Sim, causei mal a ela e precisava reparar.

– E então?

– Foi então que Demétrius me ofereceu a oportunidade de reencarnar como médico e, definitivamente, auxiliar Joana em meu processo depurador junto a ela e a seus pais e seguir evoluindo. Eu precisava resgatar aquela dívida.

– Você iria encarnar com ela?

– Sim, essa foi a proposta. Com ela, com o prefeito e sua esposa.

– E então reencarnaram?

– Aceitei de pronto, afinal, quem melhor que eu para reencarnar como médico? Eu já tinha muito conhecimento de cura, eu já conhecia os mistérios dos animais, da natureza e tinha uma boa experiência com o ser humano, afinal, eu era o mago daquelas ambiciosas almas.

– Verdade.

– E assim tudo aconteceu. Fui levado para a colônia Nosso Lar, onde me preparei para reencarnar, dessa vez em São Paulo e como médico, ao lado de Joana e seus pais.

– Quando foi isso?

– Há uns... sei lá. Há um tempo atrás. Por que você quer saber do tempo, Lucas?

– O tempo aqui não tem a menor importância, na verdade, é só por curiosidade mesmo, Elias.

– Eu não tenho noção de tempo aqui, meu amigo, me desculpe. Tenho vagas lembranças, mas não consigo precisar o tempo que esse sofrimento me tortura.

– Não se desculpe. Vamos a mais essa vida?

– Sim, mas, antes, você pode me conceder mais um pouco dessa sua milagrosa água?

Lucas fornece novamente seu cantil a Elias, que bebe vários goles de água.

– Está pronto?

– Estou saciado, obrigado, Lucas.

– Se sente melhor agora?

– Sim, me sinto bem melhor, olhe, a minha pele está até mudando de cor.

– É verdade, você está bem melhor. – diz Lucas.

– Bom, assim, após longo período em Nosso Lar, finalmente reencarnei. Compreendi que eu precisava voar para alcançar meus objetivos. – disse Elias emocionado.

– Que bom, Elias, vamos a mais essa experiência.

– Sim, vamos!

> "
>
> *Se todo passarinho tivesse desistido na primeira queda, o céu seria vazio.*
>
> "

Osmar Barbosa

Dr. Timóteo

Outono.

– Bom dia, Marli.

– Bom dia, Diego.

– Como se sente hoje?

– Estou bem melhor, amor.

– Vi que você quase não dormiu à noite.

– Se eu soubesse que iria sofrer tanto para ter um filho, certamente eu não pediria a Deus para esse menino nascer.

– Tenha calma, faltam apenas algumas semanas, logo Timóteo vai chegar e alegrar as nossas vidas.

– Você vai viajar novamente, Diego? Estou preocupada.

– Sim, tenho que ir ao Pará para comprar madeira, o estoque está muito baixo e está chegando o melhor período de vendas.

– E se eu passar mal aqui, quem vai cuidar de mim?

– Eu já falei com a Clarice, ela vai ficar de prontidão, qualquer, coisa procure ela, é nessas horas que precisamos mais dos parentes.

– Está bem, o que posso fazer...

– Vá descansar. – disse Diego deixando o quarto onde Marli está deitada.

Marli está no seu sétimo mês de gravidez. Timóteo é esperado. O quarto do menino já está decorado. É o primeiro filho do casal Diego e Marli.

Diego é comerciante, ele tem uma loja onde se vendem madeira e telhas. Bem-sucedido, casou-se há dois anos atrás com Marli, jovem que conheceu em uma festa na pequena cidade interiorana de São Paulo.

A gravidez tem sido de muito sofrimento para Marli, uma pequena mulher gerando um lindo e enorme menino.

Diego viaja ao Pará sempre que precisa repor o estoque de sua loja de madeiras. Certamente, ele não vai participar do nascimento do seu primeiro filho, pois sempre que viaja, fica por mais de dois meses fora do lar.

Passadas algumas horas, Marli recebe a visita de sua cunhada Clarice.

– Boa tarde, Marli!

– Boa tarde, Clarice, como tem passado?

– Estou bem, olha, vim aqui porque o Diego passou lá em casa e me pediu para ficar de olho em você. Está tudo bem aí com o meu sobrinho?

– Esse menino não me deixa dormir, ele me chutou à noite toda. Mete o pé no meu estômago e quase morro de náuseas.

– Fique calma, faltam poucas semanas. O Diego me disse que precisava viajar, por isso vim aqui para olhar você.

– Eu te agradeço, Clarice.

– De nada. Olha, na sexta-feira próxima, se você não se importar, eu vou vir para cá de mala e cuia, pode ser? É muito perigoso você ficar aqui nesse estado sozinha.

– Achas mesmo que tem necessidade?

– Mulher, e se você passar mal de madrugada? Quem vai te acudir?

– É verdade, eu não tinha pensado nisso.

– Pois pense.

– Está bem, você vem na sexta-feira?

– Sim, venho na sexta-feira.

– Quer tomar um café?

– Sim, aceito.

– Vamos até a cozinha que vou preparar um bom cafezinho para nós.

– Vamos – diz Clarice.

Após o café da tarde e algumas horas de conversa, Clarice se despede da cunhada confirmando que virá na sexta-feira para ficar com ela nesses últimos meses de gestação.

O dia passa, até que Marli não se sente bem durante a madrugada de quinta-feira.

– Meu Deus, acho que chegou a hora – diz Marli se levantando da cama.

Ela olha o relógio da cabeceira, 2h30 da madrugada.

A residência de Marli e Diego é um pouco distante do centro da cidade e bem longe do único hospital da cidade. Eles vivem em uma pequena chácara onde cuidam de animais.

Ela se levanta e vai até o banheiro para lavar o rosto. A dor começa a aumentar. Marli sabe que ainda tem espaço para pedir ajuda.

– Vou trocar de roupa e pedir ajuda ao vizinho mais próximo.

Marli se sente tonta e quase não consegue se vestir. Ela fica nervosa.

Apoiando-se nos móveis da casa, finalmente Marli consegue se vestir e tenta chegar à sala da casa.

– Deus, me ajude... o que está acontecendo? Deus, me ajude. – implora Marli passando muito mal.

Finalmente, ela chega a sala. Pega a sua bolsa e procura pela chave da porta.

O tempo está contra Marli, ela entra em convulsão e desmaia no tapete de entrada da casa.

Sozinha, Marli agoniza em estado de pré-eclâmpsia.

O dia amanhece e finalmente Clarice chega a casa e, batendo a porta, vê que Marli não atende.

Clarice resolve chamar os vizinhos para ajudá-la a entrar na casa.

Após alguns minutos, eles finalmente conseguem arrombar a porta principal e veem que Marli está caída na sala.

– Meu Deus, Marli? – grita Clarice.

Jocimar, o vizinho que havia auxiliado a arrombar a porta, corre para socorrer Marli.

– Ela ainda está viva. Vamos levá-la para o hospital – diz o homem.

– Sim, vamos – diz Clarice pegando a bolsa de Marli que está caída a seu lado.

Assim, Jocimar pega Marli ao colo e a leva até seu carro. Eles saem em alta velocidade em direção ao pronto-socorro da mais próxima cidade.

Após uma hora, eles finalmente chegam ao hospital.

Imediatamente, os médicos levam Marli para o centro cirúrgico, a cesariana é inevitável – temos que salvar o bebê – disse o Dr. Luciano, médico responsável pelo plantão, após constatarem tratar-se de caso grave de eclâmpsia.

Pouco se pode fazer pela vida de Marli. Os médicos tentaram de tudo, mas ela ficou muito tempo sem ser assistida, o que agravou muito seu estado.

Finalmente, Timóteo nasce e é levado para a UTI-Neonatal, seu estado é grave.

Marli não resiste e desencarna no nascimento de seu único filho.

O enterro é de muita tristeza, afinal, é um lindo e jovem casal que não conseguirá partilhar da criação do menino Timóteo.

Passados três meses, Diego chega de viagem e é surpreendido pela terrível notícia.

– Mas como assim? morreu...

– Eu cheguei na sua casa e encontrei ela caída na sala – diz Clarice.

– Mas eu pedi para você ficar com ela!

– Eu sei, combinamos que eu iria ficar lá, mas não deu tempo, eu tinha marcado de ir na sexta-feira e ela passou mal durante a madrugada.

– E agora, o que é que eu vou fazer sem a minha esposa para criar o meu filho? Como vou criar esse menino?

– Eu não posso te ajudar. O José Carlos não vai me permitir criar o teu filho. O médico me ligou ainda há pouco, eles me disseram que você já pode pegar o menino no hospital, ele está de alta há mais de uma semana.

– O que faço agora, Clarice?

– Infelizmente, nossa mãe está morta e não vai poder ajudar. Os pais de Marli vivem distantes, sequer vieram para o enterro.

– Eles não vieram para o enterro da própria filha?

– Não, não vieram, mandaram uma tia que mora aqui por perto e que ficou poucas horas no velório.

– Eles nunca gostaram de mim. Na verdade, eles não gostam é de ninguém.

– Fazer o que, né?

– O que faço agora?

– Contrate uma babá e crie seu filho. – diz Clarice.

– Você conhece alguma que possa me indicar?

– Não, quem sabe o padre possa te ajudar.

– O padre?

– Sim, fale com ele, ele conhece todo mundo aqui. Dias desses, depois da missa, ele me perguntou por você e pelo menino.

– Boa ideia, vou procurá-lo antes de ir ao hospital.

– Faça isso, meu irmão, e me perdoe não poder te ajudar.

– Sem problemas, Clarice.

Assim, Diego segue rapidamente para a igreja, ele vai à procura do padre Alberto.

– Boa tarde, padre!

– Olha se não é o Diego. Como vai, meu filho?

– Estou bem, padre, e o senhor?

– Que tristeza aconteceu com você, não é, meu filho?

– Sim, padre. A morte de Marli me tirou o chão.

– Meu filho, tens agora a mais difícil das difíceis missões.

– É por isso que estou aqui, padre.

– O que será que esse velho padre pode fazer por você, meu filho?

– Não tenho como criar o Timóteo.

– Como assim?

– Padre, sou um homem sozinho, meus pais estão mortos, a minha irmã não pode me ajudar, não sei cuidar de criança, muito menos de um bebê. Confesso, eu não sei o que fazer.

– E o menino?

– Está de alta no hospital. Estou tomando coragem para ir lá buscá-lo. Não sei o que fazer...

– Ele teve alguma sequela da morte da mãe?

– Os médicos acham que não, ele escapou por um milagre – disse o doutor Luciano.

– E o que você vai fazer?

– É por isso que estou aqui, padre. A minha irmã sugeriu que eu contrate uma babá e crie o meu menino. Mas confesso, estou confuso.

– Não acho que isso seja uma boa ideia. – diz o padre.

– É, eu também acho que não vou conseguir, padre Alberto.

– Eu tenho uma sugestão a te fazer. Você aceita?

– Claro, padre. Vindo do senhor, só pode ser uma boa ideia.

– Pois bem, a Renata e o Felipe, estão tentando ter um filho há muito tempo, Deus não permitiu que eles tenham um filho por conta própria, eu já havia sugerido a eles a adoção. Prestou atenção?

– Sim, padre.

– Eu posso conversar com eles e entregar o seu filho para eles criarem. Você é jovem, já já arruma outra esposa e segue a sua vida feliz. Seu filho terá um lar onde será muito amado e, certamente, muito bem educado também, pois eles são abastados, dinheiro ali não falta. Você sabe, né, eles são médicos. Assim, seu filho será criado por uma importante família dessa região, você segue a sua vida normalmente e o menino será muito feliz, posso lhe assegurar. Guardamos isso em segredo e todos ficam felizes. O que achas?

– Não sei, padre...

– É a melhor solução para alguém que não tem experiência com criança e precisa seguir em frente. Você ainda é muito jovem, Diego, pense no futuro, meu filho.

– Sabe, padre, eu vou lhe confessar uma coisa.

– Diga, meu filho. Sou todo ouvidos.

– Eu nunca quis ser pai mesmo. A Marli é que sonhava com esse menino. Ela engravidou contra a minha vontade.

– Está vendo? Olha o sinal.

– O que padre?

– Esse filho não era mesmo para ser seu. Faça a doação para a Renata.

– O senhor acha isso certo?

– Sim, acho que sim. A Renata é uma excelente mulher, o Felipe, então, nem se fala, estão preparadíssimos para assumir seu filho. Ele terá uma vida de rei, posso lhe garantir.

– Acho que vou fazer isso, padre. Acho que é a melhor decisão mesmo.

– Faça, meu filho. Eu te prometo que vou acompanhar bem de perto a educação do menino. Sabe que você nunca poderá dizer a ele que você é o verdadeiro pai. Vamos manter isso entre nós.

– É melhor assim?

– Sim, é melhor para o menino ser criado sem saber que é adotado. Esses traumas atrapalham o desenvolvimento intelectual dessas crianças, falo por experiência.

– O que tenho que fazer então, padre?

– Vamos até o hospital, você pega o menino, me entrega e deixa o resto comigo. Eu conheço o pessoal do cartório e cuido de tudo.

– Padre?

– Sim, meu filho.

– Deus não vai ficar chateado comigo?

– Não, meu filho, Ele entende sua situação. Deus entende seus filhos, Diego.

– Está bem, então vamos, padre, o senhor pode ir agora?

– Sim, vamos. Vou só chamar uma freira para pegar o bebê.

Após uma hora, Diego chega ao hospital acompanhado do padre Alberto e de uma freira de nome Juliana.

– Boa tarde, Luciano.

– Ora se não é o Diego.

– Eu vim buscar o menino, doutor.

– Já estava preocupado, pensei que ia deixar ele para mim – risos.

– Olá, Luciano.

– Olá, padre Alberto, sua benção.

– Viemos buscar o menino – diz o padre estendendo a mão para o médico beijá-la.

– Ele já está pronto. É um lindo garoto, guerreiro, lutou bravamente para viver. Lamento pela morte de Marli, Diego, fizemos o possível para salvar a vida dela.

– Obrigado, doutor.

– Vou pedir à enfermeira para buscá-lo, só um minutinho, por favor. – diz Luciano se afastando do grupo.

– Padre, eu posso te pedir uma coisa?

– Sim, meu filho.

– O sonho de Marli era que o menino se chamasse Timóteo.

– Sim.

– O senhor pode pedir a esse casal para dar esse nome ao menino?

– Sim, certamente que sim.

– Obrigado, padre.

– De nada, meu filho.

Timóteo é trazido e entregue à freira Luciana, que se afasta levando o menino no colo, Diego sequer quis olhar para o menino.

Após saírem do hospital, Diego se despede do padre. Timóteo já está no colo da freira dentro do carro que os levará para a igreja.

– Deus vai confortar seu coração, meu filho. Fique em paz. – disse Alberto se despedindo.

– Obrigado, padre, acho que foi o melhor que fizemos. Espero que Deus não fique muito chateado comigo.

– Ele não ficará, meu filho. E o seu menino será muito bem educado, confie nesse velho padre.

– Obrigado, padre. Mais uma vez, muito obrigado!

– Vá com Deus, Diego.

– Sua benção, padre. – diz Diego beijando-lhe a mão.

– Deus te acompanhe, meu filho.

Assim, Diego segue para a sua casa. No coração, sentimentos misturados. Arrependimento, saudade, tristeza, liberdade, alegria, enfim, ele ainda é muito jovem para entender tudo o que lhe aconteceu.

Lucas interfere.

– Você, então, foi adotado?

– Sim, Lucas. A minha mãe sequer viu o meu rosto.

– E então?

– Os anos passaram. Renata sempre foi uma mãe muito cuidadosa. Meu pai, então, nem se fala. Fui criado com muito amor, sou grato a eles pelo que fizeram a mim.

– São familiares de outras vidas?

– Quem?

– A Renata e o Felipe?

– Sim, tivemos uma encarnação juntos e eu fiquei com uma pequena dívida com eles.

– Você e suas dívidas.

– Pois é, Lucas, é errando e consertando que vamos evoluindo.

– É assim mesmo, Elias.

– A Renata tinha me abortado algumas vezes. Ela e o Felipe eram abortistas.

– Abortistas?

– Sim, eu tentei nascer algumas vezes como filho deles para o resgate de um assassinato que ocorreu há muito tempo atrás.

– E?

– E eles, sempre que a Renata engravidava, com a permissão do Felipe, faziam o aborto.

– Mas quando foi isso?

– Lá vem você com datas.

– Não, não é isso que pergunto, quando foi, foi nessa mesma vida?

– Sim, foi na época de faculdade deles. Renata se formou em medicina junto com o Diego, ela era dermatologista e ele, cirurgião.

– Namoro de faculdade?

– Sim, eles eram namorados na faculdade e, por duas vezes, ela engravidou de mim, que precisava resgatar com eles um assassinato das nossas vidas anteriores. Assim, ela não foi a minha mãe biológica, mas eu consegui ser filho dela para juntos resgatarmos o passado. E aproveitando que eu precisava resgatar com a Joana, tudo se encaixou.

– Engenharia divina.

– Sim, engenharia divina. Deus faz coisas que ninguém entende.

– A missão é cumprir tudo o que temos que cumprir, não importa a forma, haverá sempre um jeito para que possamos resgatar nossos débitos existenciais.

– Pois é, e foi assim que, após vários abortos, ela foi penalizada, não podendo mais gerar um filho em seu útero tão danificado pelas curetagens.

– Aí você nasceu em Marli para ser o filho de Renata.

– Sim, como explicado anteriormente.

– E Diego?

– Foi soldado comigo. Mas ainda não chegamos na parte do soldado Romano.

– Está bem, vamos em frente?

– Sim, vamos em frente.

– Eu me formei em medicina como os meus pais, naquela manhã, eu não acordei muito bem, eu tinha dormido muito pouco, eu estava enjoado. Tinha acabado de sair do hospital depois de um exaustivo plantão noturno. Fui para o meu apartamento e, ao chegar em meu prédio, vi que havia alguém fazendo uma mudança.

Estacionei meu carro na única vaga disponível. Peguei as minhas coisas e me dirigi ao elevador.

A confusão era grande, várias caixas estavam espalhadas pela portaria e pela área de serviço do meu prédio. Eu mal conseguia andar de tantos bagulhos e caixas espalhadas pelo chão.

Apertei o botão do elevador e fiquei esperando ele chegar, foi quando o meu coração disparou. Vi uma linda jovem se aproximando, suada e carregando uma enorme caixa pesada.

– Posso te ajudar? – disse.

Ela, envergonhada e tentando secar o suor que escorria de sua testa, disse:

– Não precisa se incomodar. – foram as primeiras palavras que ouvi daquela linda e doce voz.

– Faço questão – disse – isso deve estar bem pesado.

– Não quero incomodar.

– Não incomoda.

Peguei uma caixa bem pesada e fiquei ali esperando o elevador chegar.

Ficamos alguns segundos em silêncio, dava para ouvir os nossos corações disparados de amor. Foi uma coisa louca que nos invadiu. Suei frio, eu mal conseguia esconder a minha reação em estar ao lado daquela linda mulher.

Ela, desesperada, tentava se acalmar, tremia e gesticulava sem parar. Nunca mais vou esquecer aquele dia.

Ela, então, puxou novamente assunto.

– Desculpe te incomodar, ai, meu Deus, que vergonha. – dizia Maitê.

– Qual o seu nome?

– Maitê, e o seu?

– Timóteo, muito prazer. – disse sem ter como cumprimentá-la. Eu estava tão nervoso que nem percebi que estava ali como um tolo segurando por nada uma enorme caixa pesada. Eu poderia ter colocado a caixa no chão e pegar na mão daquela linda jovem.

– E ela?

– Como disse, tremia, suava e tentava melhorar a aparência ajeitando os longos e lindos cabelos negros.

Seus olhos verdes realçavam o lindo rosto. Foi amor à primeira vista, Lucas. Seu corpo delineado naquele minúsculo vestido sujo e apertado, seu corpo molhado exalava um odor inexplicável. Algo que se sente na alma. Me encantei com ela. Infelizmente, o elevador chegou.

Passei toda aquela manhã ajudando Maitê em sua mudança. Melhorei rapidamente do mal-estar. Cansados, terminamos a tarefa conversando e nos conhecendo. Ela acabara de chegar do interior e estava muito feliz com a nova vida que tinha pela frente, falei a ela como era legal viver naquela cidade.

– E ela?

– Ela tinha passado na faculdade federal e estava se mudando para o meu prédio para poder cursar direito.

– Quantos anos você tinha?

– Vinte e seis. Eu já não morava mais com os meus pais, tinha acabado de me formar e estava terminando a residência. Tudo pronto. Meu pai acabara de me presentear com um lindo e moderno consultório no centro da cidade. A minha mãe cuidava sempre com muito carinho de mim. Maitê tinha dezenove anos.

– Uma vida perfeita?

– Sim, perfeita. Jovem, médico, bonito, rico, perfeito.

– E aí?

– E aí, me aparece a Maitê.

– Era Joana reencarnando?

– Sim, era Joana.

– Vocês ficaram juntos?

– E você tem alguma dúvida?

– Não, a essa altura, tudo pode acontecer.

– E tudo aconteceu mesmo. Eu me apaixonei perdidamente por ela. Estamos encantados um com o outro. Passávamos nossos fins de semana trancados em meu apartamento, às vezes no dela, vendo filmes, comendo pipoca e nos amando intensamente. Parecia que tínhamos nos encontrado para vivermos eternamente juntos. Um amor inexplicável.

Foi num domingo, tinha se passado aproximadamente três meses que estávamos juntos, fazíamos planos para vivermos eternamente juntos, era final de tarde quando a campainha do apartamento dela tocou, não estávamos esperando visita. Ela se levantou e olhou no olho mágico, aqueles que ficam na porta.

– Sim.

– Que surpresa.

– Quem era?

– Os pais dela. Desesperada, ela foi até o quarto onde eu estava deitado e pediu para eu me vestir. Eu não estava pelado, mas estava sem camisa. Me levantei assustado. Ela estava com as feições de pavor. Fiquei perguntando quem era e ela não me respondia, eu nunca vi alguém tão assustado assim.

– O que houve, amor? O que houve? – perguntava.

– Meu pai está aí. Ele e a minha mãe.

– Que bom, vou poder conhecê-los. – disse. Ela, desesperada, me vestia se vestindo.

– Coloque logo a camisa, Timóteo.

– Já vou, calma.

Me arrumei, me sentei na sala esperando as feras entrarem. Eu estava realmente muito assustado. O que eu iria dizer? Fomos pegos em flagrante.

A campainha não parava de tocar. Muito nervosa, ela finalmente abre a porta.

– Oi pai, oi, mãe. – disse ela muito sem graça.

– Oi filha! – disse dona Célia, entrando porta a dentro.

– Quem é esse rapaz? – foi assim que conheci Cícero.

– É o meu namorado, pai.

– Namorado, quem te autorizou a namorar? Que negócio é esse?

– Calma, senhor. – disse me aproximando e estendendo a minha mão direita para cumprimentá-lo. – Eu sou o...

– Pois saia daqui imediatamente, meu rapaz, ponha-se para fora. Ele estava extremamente irritado e me expulsou do apartamento sem ao menos querer saber o meu nome.

Maitê nada disse.

Me levantei e deixei o apartamento do meu amor. Triste e muito aborrecido com tudo aquilo, pensei "deixa ela se explicar, logo tudo ficará bem!"

Fui para o meu apartamento e me preparei para o plantão daquela noite no pronto-socorro da cidade. Eu estava sem cabeça para trabalhar, mas confiei que as coisas iriam se ajeitar.

Esperei por horas meu interfone tocar, eu esperava que Maitê me chamasse para conversar com os seus pais e que tudo iria ficar bem.

Passou-se três dias. Eu ficava esperando aquele contato que não vinha. Às vezes, eu me sentava na recepção do prédio na esperança de vê-la passar e tentar saber o que havia acontecido. Tentar compreender o incompreensível. Mas meus plantões me impediam de encontrá-la.

No quarto dia, como não tive nenhuma notícia, procurei o porteiro do prédio para sondar sobre Maitê. Tentar saber alguma coisa sobre ela.

– Bom dia!

– Bom dia, senhor!

– A Maitê, do 307, está em casa?

– 307?

– Sim, a Maitê.

– A senhorita Maitê?

– Sim.

– Mudou-se ontem.

– O que!? Mudou-se? Como assim?

– Mudou-se ontem pela manhã, vieram aqui uns rapazes e levaram todas a mudança dela. Ela já tinha ido embora com os seus pais no dia anterior. Foi isso que o pai dela me disse.

– Uns rapazes?

– Sim, me entregaram um bilhete autorizando a mudança, eu mostrei para o síndico e ele liberou a retirada das coisas dela. O apartamento está vazio.

– Para onde ela foi?

– Não sei informar, doutor.

– Mas ela não deixou nem algum recado para mim?

– Não, não deixou nada. O senhor é o médico do 708 não é?

– Sim, sou eu.

– Ela não deixou nenhum recado, nem para o senhor e nem para ninguém.

Abaixei a cabeça, agradeci ao porteiro. Me sentei no jardim do prédio e não consegui conter as minhas lágrimas. Chorei disfarçado nos jardins floridos da primavera.

– Por que ela fez isso comigo? Por que ela não me falou de seus pais? Que burro que fui, me entreguei a uma pessoa que não me amava. Sofro agora por ter te entregado o meu coração, Maitê, e cadê você? Por que você fez isso comigo? Essas eram as perguntas que estavam sem respostas, e ficaram assim por alguns dias.

– E o que você fez?

– Fiquei em depressão, triste e amargurado, passou-se dois meses até que resolvi ir a uma casa de festas que havia na cidade, eu precisava me distrair. Eu precisava sair daquele estado depressivo. Foram alguns amigos que me ajudaram a pensar. Eu não conseguia tirar Maitê da minha cabeça, eu não tinha ânimo para nada, mal conseguia cumprir meus plantões. Eu não queria procurá-la na faculdade, afinal, eu não fiz nada de errado.

– Qual era a sua especialidade como médico nessa encarnação?

– Cirurgião, como o meu pai.

– E então?

– Coloquei a melhor roupa e saí para me divertir. Era um bar onde os artistas da redondeza se apresentavam. Marquei com alguns amigos da faculdade àquela noite. Cheguei ao lugar, era bem legal, divertido, nos sentamos e começamos a beber. Tudo ia bem até que eu a vi ali na minha frente.

– Maitê?

– Sim, ela mesma. E acompanhada com dois rapazes.

– Meu Deus. O que você fez?

– Nada, fui até o banheiro e chorei muito. Era o que me restava. A minha cabeça entrou em parafuso, Lucas.

– Imagino.

Os amigos perceberam que eu não estava bem e decidiram me levar embora.

– Ela te viu?

– Sim, se viu... me olhou com aqueles olhos verdes que jamais irei esquecer.

– Ih...

– Ih... nada. Me olhou com frieza, como se não me conhecesse. O meu coração quase saia pela boca de tanto que batia forte.

Comecei e me sentir mal. Meus amigos então me levaram para a parte de fora do lugar, havia uma área reservada para os casais. Um lugar escuro, com mesas e cadeiras para as pessoas se sentarem e namorarem.

Me sentei ali, pedi a um amigo que pegasse um pouco de água para mim.

Logo o meu amigo me trouxe a água e se sentou ao meu lado.

– Está tudo bem, cara?

– Estou bem.

– Você está pálido, irmão.

– É tive um pico de pressão, isso é comum nesses lugares. – disse ao meu amigo.

– Ainda bem que você é médico, sabe se cuidar.

– Sim, ainda bem, irmão. Faz assim, vai lá pra dentro se divertir me deixe aqui, já vou melhorar e me encontro com vocês lá dentro. Logo estarei bem!

– Está bem, qualquer coisa é só chamar.

– Pode deixar. Obrigado, Renato.

Assim, o meu amigo foi para dentro do bar onde acontecia um show e eu pude ficar ali curtindo minha dor.

Mas, para a minha surpresa, passados alguns minutos, ela se aproximou de mim e, com o dedo indicador entre os lábios, meu amor me pedia silêncio ou segredo, eu estava muito confuso.

– Não fale nada. – disse Maitê me beijando ardentemente a boca. Me entreguei apaixonado aos caprichos daquela mulher. Eu estava rendido, como um soldado ferido em seus últimos suspiros de vida. Meu corpo não respondia aos meus desejos, me entreguei alucinadamente ao meu maior amor.

O meu coração parecia que ia sair pela boca. Minha carne tremia, o suor tomou conta de nossos corpos. Quase fizemos amor ali mesmo.

Sem balbuciarmos uma só palavra, nós nos entregamos ao nosso mais sublime amor.

Ficamos nos beijando por alguns minutos. Até que ela abriu aqueles lindos olhos em olhos no fundo da alma e, sem falar nada, ela me entregou um pequeno pedaço de papel com alguns dizeres que não consegui ler naquela escuridão.

Novamente, ela colocou o dedo indicador sobre os lábios carnudos e me pediu segredo ou silêncio. Eu estava embevecido pelos encantos de seu amor, pela poção mágica que saia de sua saliva a tocar minha boca sedenta de amor.

Relaxei meu corpo suado sobre a cadeira acolchoada em que me sentei. O suor me molhou toda a roupa. Lentamente, ela foi se levantando e se afastando de mim sempre com o dedo indicador me pedindo silêncio e calma.

Meu amor se distanciava novamente de mim, e eu nada conseguia fazer, fiquei ali paralisado com aquele súbito encontro. Meu corpo não respondia às minhas emoções. Fiquei em estado letárgico por alguns minutos, até que resolvi procurar um lugar onde eu pudesse ler aquele bilhete.

Corri para a rua onde havia maior iluminação.

– E o que dizia o bilhete?

– Você não vai nem acreditar, Lucas.

– Eu acredito, sim, prossiga, Elias.

– O bilhete dizia o seguinte: Timóteo, me encontre amanhã às 14h no horto florestal.

– E você?

– Não dormi aquela noite. Fiz meus planos.

– E quais eram?

– Lucas, um coração apaixonado é um caldeirão cheio de esperanças e ilusões. Eu comecei a achar que realmente eu fui um tolo em não procurá-la, comecei a me colocar no lugar dela. Imagina, eu não tive coragem para defender o nosso amor do pai dela, eu simplesmente aceitei nossa separação. Eu não poderia ter esperado o tempo. Na verdade, eu fui um grande covarde, se eu a amava tanto, por que não lutei pelo nosso amor?

– É verdade.

– Assim, me enchi de esperanças e fui até o horto na hora combinada.

– E então?

– Lá estava ela, vestida de amor para mim novamente. Corri e me joguei em seus braços, ficamos alguns segundos sentindo nossos corações se encontrarem para depois falarmos de nosso amor.

– Perdoe-me, Maitê, perdoe-me por agir assim.

– Meu amor, por que você não me procurou?

– Eu sou um tolo, Maitê, um tolo. Eu pensei que... sei lá, nem sei o que pensei. Só sei que estou sofrendo muito por não ter você perto de mim.

– Eu também, Timóteo, desde aquele dia, sofro com a sua ausência.

– Por que você não me procurou?

– O meu pai colocou seus capangas para me vigiarem. Ele não quer que eu me relacione com você. Ontem, eu pedi para ir àquele bar porque eu tinha a esperança de te encontrar.

– É, mas não precisava ter ido acompanhada.

– Eu estava acompanhada dos capangas do meu pai. Ele não quer de jeito nenhum que eu me encontre com você.

– Mas o que ele tem contra mim?

– Sente-se aqui, meu amor, eu vou te explicar, essa história é longa.

– Mas... – disse me sentando sendo puxado por ela.

– Eu não sei quem foi que contou para o meu pai sobre o nosso namoro, só sei que ele e a minha mãe chegaram lá em casa naquele dia sabendo tudo sobre nós dois, e pior, sabendo tudo sobre a sua vida.

– Minha vida? Como assim minha vida?

– Seu pai não é o Dr. Felipe?

– Sim.

– A sua mãe não é a doutora Renata?

– Sim, mas o que tem os meus pais com isso tudo?

– Segundo o meu pai, foi o seu pai quem matou o meu avô.

– Matou o seu avô? Que história é essa? Meu pai nunca matou ninguém.

– O vô José era um homem muito rico e poderoso, você sabe, né?

– Não, não sei. Quem é esse tal José?

– Meu avô foi um político muito importante de nosso estado. Ele foi uma pessoa muito poderosa e foi o seu pai quem prometeu que a cirurgia dele ia correr bem, mas não correu. O meu avô morreu nas mãos do seu pai na sala de cirurgia. O que era uma simples cirurgia acabou com a morte do meu avô.

– Meu Deus!

– Por isso, a minha família não quer te ver nem pintado a ouro. Eles me proibiram de chegar perto de você. Providenciaram a minha mudança de apartamento em menos de dois dias e só não me tiraram da faculdade porque eu prometi seguir as orientações dos seguranças, que estão aqui somente para me vigiar de você.

– Mas eu não tenho nada com isso.

– Foi isso que eu falei para a minha mãe.

– E ela?

– Submissa ao meu pai, não quer se meter.

– Como você conseguiu se livrar dos seguranças para se encontrar comigo?

– Trabalho da faculdade, amor.

Quando ela falou "amor" ... minhas esperanças voltaram.

– Você ainda me ama?

– Não tenho olhos para nenhum outro homem. Eu te amo tanto que choro todos os dias com saudades de você.

– O que vamos fazer então? Eu também não consigo viver sem você.

– Não sei, já pensei em tudo e não encontro uma solução.

– Eu não vou conseguir mais viver sem você, Maitê.

– E nem eu.

– Vamos fugir?

– Fugir para onde? Onde é que você acha que o seu Cícero não vai te achar? Ele até já me ameaçou, "se tentar fugir, eu te acho nem que seja no inferno".

– Qualquer lugar do mundo, estou disposto a largar tudo para viver ao seu lado eternamente até no inferno, se for o caso. O seu pai não pode nos negar o direito de nos amar.

– Eu não posso fugir. Não sei se conseguiria.

– Se você diz que o seu pai não vai deixar que nos casemos, qual será a solução? Quer que eu tente conversar com ele?

– Não sei se é seguro, ele pode desconfiar que nós nos encontramos e piorar a nossa situação.

– Maitê, eu sou capaz de fazer qualquer coisa para viver eternamente ao seu lado.

– Eu também, Timóteo.

– Deixe-me pensar em algo. Quando podemos nos ver novamente?

– Na próxima semana, nesse mesmo dia e horário, eu estarei aqui novamente para o trabalho da faculdade. Me espere aqui.

– Te amo.

– Eu também. – disse Maitê me beijando suavemente os lábios. Ficamos ali por mais de duas horas namorando e planejando a nossa felicidade. Mas onde ela estaria?

Os dias passaram lentamente, eu fiquei pensando em como resolver aquela questão, como poder viver ao lado da mulher que tanto amei.

Foram dias difíceis.

– E o que vocês fizeram?

– A maior loucura que se pode fazer em nome do amor, Lucas.

– Estou curioso para saber.

– Depois de mais um gole de água, eu te prometo contar. – risos.

Lucas entrega o cantil com água para Elias beber e, novamente, ele bebe vários goles, saciando sua sede.

> "
>
> O amor é o único sentimento que levamos pela eternidade.
>
> "
>
> *Nina Brestonini*

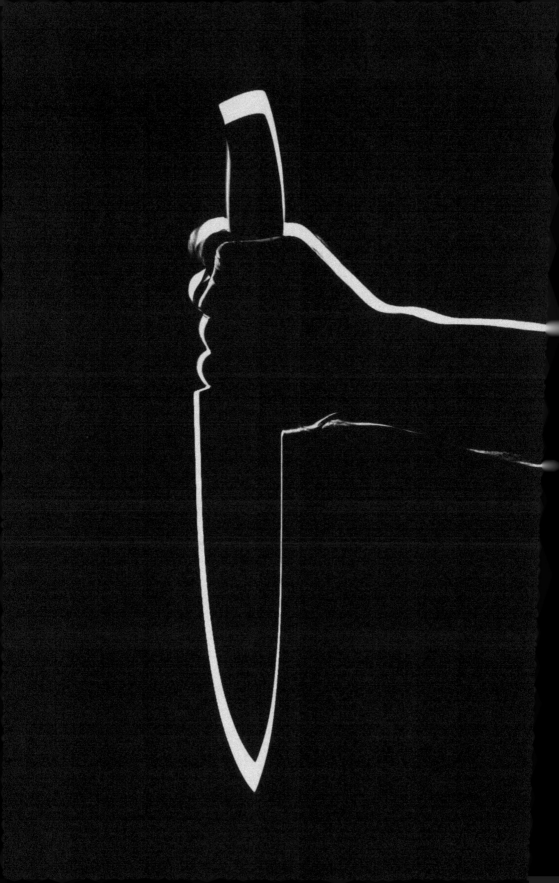

Joana

Maio. A cidade está em festa pelo dia da padroeira do lugar.

É feriado local.

Na praça central onde há a igreja, dezenas de barracas estão arrumadas uma ao lado da outra, afinal, é quermesse. Todos estão felizes.

Maitê passeia de braços dados com seu pai que, orgulhoso, exibe a bela filha, futura advogada, na elite da cidade interiorana.

A noite está quente, fogos enfeitam os céus.

– Pai eu posso ir até aquela barraca comprar uma maçã do amor?

– Vá, filha, você tem dinheiro?

– Sim.

– Pois vá e traga uma para a sua mãe.

Maitê já tinha me visto escondido atrás da barraca e fez aquilo de propósito.

Logo que ela se aproximou, eu me aproximei dela.

– Você é louco, se meu pai te vir aqui, ele... nem sei...

– Ele não vai me ver, eu é que vou ver ele.

– Você está louco mesmo.

– Hoje é dia santo, espero que ele converse comigo eu ouça o que eu tenho para falar.

– Ele não vai te ouvir, Timóteo. Ele é muito difícil.

– Pelo nosso amor, eu vou tentar.

– Você pode estragar tudo.

– Não vou estragar nada, pense positivo.

– Ele está indo para a igreja, a missa já vai começar.

– Torça por nós, meu amor.

– Eu vou torcer e rezar.

– Faça isso por nós, Maitê, eu te amo. – disse me afastando dela.

Caminhei até a igreja e me sentei muito próximo aos pais dela. Eles nem perceberam minha presença, a igreja estava realmente muito cheia.

Eu pude ver quando Maitê se aproximou dos pais trazendo uma maçã do amor para a sua mãe, seu lindo rosto estava todo lambuzado de amor.

Eu olhei para ela e fiz um sinal, "limpa o rosto".

Ela sorriu com seus dentes brancos manchados de amor.

O miserável me viu.

– Quem?

– O pai dela.

– E o que ele fez?

– Voou no meu pescoço e começou a me espancar dentro da igreja. Foi um corre-corre danado. Todo mundo tinha muito medo dele, um verdadeiro coronel das antigas. Ele e seus capangas só pararam de me bater quando o padre desceu do altar e entrou na minha frente.

– E ela?

– Chorava copiosamente.

– E ninguém fez nada?

– Você acha mesmo que alguém iria se meter naquela confusão, Lucas?

– O que você fez?

– Após alguns curativos, voltei para a cidade e para o meu apartamento sem esperanças de rever minha amada.

Voltei para o meu consultório e para os meus plantões. Eu não tinha como ir na faculdade para vê-la, eu não sabia onde ela morava, estávamos todos de férias. Assim, três longos meses se passaram até que eu a encontrei novamente.

– E agora?

– Agora, meu amigo, o amor falou mais alto.

– Até que enfim, Elias, vocês conseguiram ficar juntos?

– Era tarde de primavera, eu tinha saído do meu consultório quando recebi um telefonema. Era Maitê, não sei como ela conseguiu meu número, mas me ligou.

– E então?

– Ela me disse o seguinte: Timóteo, eu decidi que não quero mais viver, decidi tirar a minha vida.

Desesperado, eu entrei em parafuso. O que fazer?

– Não faz isso, meu amor, por favor, não pense assim.

– Eu não tenho motivo para viver sem você.

– Diga isso aos seus pais, diga-lhes que eu não sou culpado por ser filho de Felipe. Explique a eles o nosso amor.

– Eu já falei tudo isso ao meu pai, ele disse que vai me arrumar um marido e que tudo vai ficar esquecido dentro de mim. Eu não quero te esquecer, eu não quero mais viver, eu vou me matar.

– Você não vai fazer nada disso, você vai arrumar as suas coisas. Me diga onde você está, eu estou indo ai agora te buscar.

– Você está é louco, meu pai te mata se te ver aqui.

– Ele não vai me ver, vou passar aí pela madrugada e vamos fugir para bem longe, tenha calma, tudo vai dar certo.

– Você não pode sacrificar toda a sua vida por mim, tem que pensar na sua carreira e também na sua família, que não tem nada com isso.

– Maitê, eu já sou bem crescidinho, sei muito bem o que é bom ou ruim para mim e meus pais são meus melhores amigos, eles vão me apoiar e me ajudar.

– Você acredita nisso?

– Sim, conheço muito bem a minha família.

– Quais são os seus planos?

– Ficar eternamente com você, esse é o meu plano.

– Mas você é médico, logo vão te descobrir. Como você vai poder exercer medicina sem se identificar?

– Não se preocupe com isso, eu passo a usar outro nome, assim vamos conseguir despistar qualquer um que me procure.

– Eu não sei se devo fazer isso.

– Você me ama?

– Mais que tudo nessa vida.

– Então me espere.

– Onde?

– Onde é melhor para você?

– Atrás da minha casa há uma densa floresta. Tem um muro e, nesse muro, há um pequeno portão de madeira que abre por dentro. Eu vou deixar esse portão aberto. Assim que você chegar, assobie que estarei pronta te esperando.

– Não acredito!

– O que não acreditas, Lucas?

– A mesma casa?

– Incrível, né?

– Sim.

– A mesma casa, meu amigo, mas os personagens são diferentes.

– Me conte logo, estou ansioso.

– Na hora combinada, eu estava naquele lugar, conversei com os meus pais, que me apoiaram e me pediram perdão pelo ocorrido com o Sr. José. Meu pai lembrou-se da história e me disse que ainda respondia a um processo movido pela família de Maitê sobre o caso, mas que não havia nada que poderia ter sido feito para salvar a vida do famoso político. Ele teve complicações irreversíveis na hora da cirurgia.

– E...

– Cheguei ao lugar, esperei tudo ficar em silêncio e proferi o assobio. Ela piscou a luz de seu quarto, me sinalizando que sabia que eu estava ali.

Meu pai desfez meu consultório, alugou o meu apartamento e, todo mês, depositava aquele dinheiro para me ajudar, afinal, como me restabelecer com um CRM que todos tinham como consultar e me localizar? Se eu arrumasse um emprego público, a minha matrícula seria divulgada e, assim, os pais de Maitê iriam nos achar.

Após me encontrar com ela, viajamos durante toda a noite em um caro que meu pai comprou para despistar. O meu foi vendido posteriormente e, com esse dinheiro, resolvemos recomeçar.

Primeiro, fomos para Santos, no litoral de São Paulo. Não deu muito certo.

Após seis meses, mandei uma mensagem para um amigo de faculdade que morava no Rio de Janeiro. Ele me respondeu positivamente e me oportunou trabalhar em sua clínica recém-inaugurada.

– Vocês estão mudaram para o Rio de janeiro?

– Sim, foi lá que nos casamos e construímos nossa vida.

– E os pais dela?

– Nos encontraram, bem depois...

– Perdoe ficar te perguntando, é melhor eu esperar você me contar, Elias.

– Após dois anos de casados, Maitê me fez uma linda surpresa.

– O que ela fez?

– Eu cheguei em casa após algumas cirurgias e encontrei sobre a nossa cama um bilhete que dizia:

– Amor, fui ao mercado. Tenho que comprar algo cor de rosa.

Eu fiquei sem entender muito bem aquilo, tomei meu banho, me sentei a sala para ver TV e esperar o meu amor.

Maitê estava trabalhando em uma escola como auxiliar, era uma escola que cuidava de crianças especiais. Um trabalho lindo, embora muito mal remunerado, mas era o que a deixava feliz.

Nós não precisávamos de tanto dinheiro para viver, tínhamos o meu apartamento alugado e meus pais sempre me mandaram um complemento, sabe como são os pais.

Quando ela voltou, eu estava cochilando sentado vendo TV, ela entrou em silêncio e colocou nas patas de nossa cadela pares de sapatinhos de bebê cor de rosa.

Com um beijo, ela me acordou com nossa cadela ao colo.

– Olha, amor quem veio te dar um beijinho – disse ela me apresentando Belô, nossa cadela.

– Olha, Belô, você está bonitinha com esse sapatinho de bebê.

Eu nem percebi que era uma mensagem para mim.

– Você é tonto mesmo, não é, Timóteo?

– O que fiz, amor?

– Olhe para os pés da Belô.

– Estou vendo, ela está de sapatos de bebê cor de rosa.

– E você não vê nada nisso?

– Meu amor, são sapatos rosas de criança, só isso!

– É a nossa bebê que está chegando, Timóteo.

– Nossa bebê? Como assim? Você está grávida, meu amor?

– Sim, você vai ser pai de uma menina.

– Meu Deus! – disse beijando Maitê.

Ficamos ali por algumas horas, eu encostava o meu ouvido em sua barriga a fim de escutar a minha filha que iria nascer. Ela, orgulhosa, me mostrava quase todo o enxoval que estava preparando em segredo.

Os meses se passaram, até que finalmente Aurora nasceu.

– É quem é o espírito Aurora?

– Até agora, eu não sei. Tenho minhas desconfianças, mas não sei quem foi que se voluntariou e que precisava resgatar algo comigo ou com a Maitê para nascer como nossa filha.

– E então?

– Os anos se passaram. A bebê nasceu perfeita. Uma linda menina de cabelos negros e olhos verdes.

– Como a mãe?

– Sim, como Maitê, elas eram muito parecidas.

– Eram?

– Sim, eram.

– O que vem por aí, Elias?

– Eu fui posto à prova naquela vida. Tudo o que eu havia adquirido tinha que ser testado. Tudo mesmo!

– Como assim?

– Lembra que te falei que as encarnações que mais me marcam são as que eu usei magia?

– Sim, lembro!

– Pois as magias precisaram ser testadas novamente.

– Como assim, Elias?

– Tudo o que eu havia aprendido até aquele momento seria testado naquela encarnação. A magia, o conhecimento da natureza animal e humana, tudo o que eu havia adquirido de bom seria colocado a prova.

– Os resgates também?

– Tudo, Lucas, tudinho.

– Me conte.

– Vou contar.

– Quer água?

– Não, obrigado!

– Tudo estava muito bem, Maitê estava muito feliz em seu trabalho, eu estava me mantendo com as cirurgias nas clínicas em que trabalhava, tínhamos um belo apartamento em frente à praia mais famosa do Rio de Janeiro. Não tínhamos contato com os pais de Maitê e, quando ela queria saber alguma coisa deles, ela ligava para uma prima de sua confiança que lhe contava como estavam as coisas em São Paulo.

Tudo começou no aniversário de oito anos de Aurora.

Após a festinha com os amigos no salão do nosso prédio, eu percebi que Aurora estava muito suada, cansada e indisposta. Resolvemos acabar a festa um pouco mais cedo para ela descansar. Naquela noite, nós não dormimos. Eu começava ali um drama que jamais esquecerei.

– O que houve?

– Após exaustivos exames, Aurora foi diagnosticada com leucemia mieloide aguda.

– Meu Deus!

– Pois é, Lucas, durante mais de dois anos, lutamos contra a maldita doença. E eu nada podia fazer, mesmo com todos os conhecimentos adormecidos em minha alma, eu nada podia fazer. Eu ficava ouvindo aquela voz interior que me dizia "faz isso, faz aquilo", mas eu não dava ouvidos aos meus instintos. Mas o pior ainda estava por vir, meu amigo.

– Tem ainda algo pior?

– Sim. Era madrugada quando eu saí do hospital em que Aurora estava internada, seu estado era grave, entubada, esperando pelo desencarne. Maitê ficou com a nossa filha no maldito hospital, eu estava me dirigindo para o estacionamento para pegar o meu carro, eu precisava ir em casa cuidar da cadela e de algumas coisas, foi quando um homem alto, negro e forte me cercou. Eu não percebi ele chegar.

– Boa noite, senhor. – disse o homem.

– Boa noite. – respondi.

– Você é o doutor Timóteo?

– Sim, sou eu mesmo. Em que posso ajudar?

Sem falar mais nada, aquele homem sacou uma enorme faca e começou a me esfaquear. Me senti como um porco incapacitado de reagir ao brutal assassinato. Ele me segurou pelo braço e proferiu vários golpes em minha barriga. Eu ainda pude ver que ele não estava sozinho, havia um senhor de cabelos grisalhos ao seu lado que fumava um charuto enquanto eu era assassinado.

Eu vi a minha vida se esvaindo na poça de sangue que se formou embaixo do meu tórax caído ao frio chão.

Pude ver a alegria do velho Cícero, que dizia "muito bem, meu rapaz, acabei com a vida desse desgraçado assim como ele acabou com a minha".

156

Morri ali, e mais nada pude fazer para salvar meus amores. Ele era tão maldito que nem pensou em sua neta.

– Mas você havia matado a filha dele.

– Pois é, eu tinha feito isso.

– E onde estão elas agora?

– Eu não sei, Lucas. Estou preso a esse inferno e não tive mais nenhuma notícia delas. Sinto que a Aurora não resistiu, meus conhecimentos como médico e como feiticeiro me asseguram que ela desencarnou.

– Bem, antes você tinha tirado a vida de Joana causando grande dor aos seus pais, agora, o pai dela lhe tirou a vida compensando, assim, o que você lhe havia feito.

– Sim, mas e Joana, será que acertei-me com ela? E quem era o espírito Aurora, que nasceu tão doente? Por que viveu tão pouco? Qual era a sua missão? São essas e tantas perguntas que me faço e estão sem respostas.

– Eu sinceramente acredito que, um dia, você saberá o que realmente aconteceu a elas, Elias.

– Você não sabe, Lucas?

– Não. Ainda não.

– Você não pode me levar àquela tela e me mostrar o depois? É que eu sinto muita saudades de Joana e da minha querida filha Aurora.

– Ainda não, Elias. Eu preciso saber mais um pouco sobre você.

– O que queres saber mais sobre mim? Já te contei quase tudo.

– A parte do soldado. É essa que eu preciso saber.

– Essa eu tenho muita vergonha de contar.

– Mas é necessário para que tudo se cumpra.

– Tudo o que?

– Tudo o que eu tenho para te revelar.

– Quer dizer que você tem coisas para me revelar?

– Sim, eu não vim aqui a passeio, Elias. Eu vim para te ajudar. Temos ainda muita coisa para ver e relembrar.

– Você vai me ajudar a sair daqui?

– Esse é o propósito desta minha visita. Só não tenho certeza se você está pronto para sair daqui.

– Sabe, Lucas, nessa minha vida de soldado, um rapaz chamado Lucas muito me ajudou. Lembro-me agora!

– Que bom, me conte sobre ele.

– Então chegou a hora da verdade?

– Sim, Elias, chegou a hora de você me contar sobre o soldado. Me conte toda a verdade, por favor.

– Foi a pior coisa que fiz na minha vida, Lucas, eu tenho muita vergonha disso.

– Por que achas isso? E por que sentes vergonha?

– Porque eu não matei só uma pessoa nessa vida, eu matei muitos inocentes, eu fui o pior ser encarnado que existiu.

– Será, Elias?

– Eu não tenho dúvidas disso, Lucas.

– Em que época você viveu como soldado romano?

– Ano 59 da era cristã.

– Tem tempo, hein!

– Sim, tem tempo, mas o tempo não sai de dentro de mim. Lembro-me perfeitamente do ano em que tudo se passou.

– Você pode me contar o que aconteceu?

– Sim, posso, mas agora eu preciso beber da sua água.

– Com prazer! – diz Lucas oferecendo água a Elias.

Após algumas goladas, Elias se ajeita no tronco para começar a contar a história que lhe marcou eternamente.

> " *O espírito colhe na espiritualidade aquilo que semeou na vida terrena.* "

Lucas

O romano

— Lucas, para resguardar o nosso amigo escritor e proteger a minha história, eu vou trocar o meu nome naquela encarnação, pode ser?

– Fique à vontade, Elias.

– É mais seguro para todos.

– E qual é o nome que você vai usar?

– Lúcios.

– Está bem, vamos lá.

– Roma havia acabado de ser incendiada. Nero, o imperador, ordenou que perseguíssemos todos os seguidores de Jesus e que matássemos sem dó todos os cristãos. Foram muitas vítimas inocentes. Mas havia um homem que me foi trazido para que ficasse em minha prisão. Eu era prefeito de Roma e todo o exército estava sobre o meu comando, e isso incluía os prisioneiros.

– Dando essas dicas, logo todos saberão quem era você.

– Não tem problema, mas eu prefiro usar esse nome.

– Vamos em frente, Elias.

– Eu comandava toda Roma, ordenei que os cristãos que fossem pegos fossem pendurados nos postes e que seus corpos em chama servissem de lamparina para clarear as vielas escuras de Roma, assim, eu agradava Nero.

– Quantos você matou?

– Eu, muito pouco. Meus soldados mataram muitos sob as minhas ordens.

– São todos seus, você sabe?

– Sim, se os comandei, a maior parcela de culpa é minha mesmo.

– Quantos morreram?

– Dezenas, pois a maioria fugiu para as cidades vizinhas logo que começamos a caçada.

– Mas você dizia haver um homem...

– Sim, Paulo, ou melhor Saulo de Tarso, como era mais conhecido.

– Conheço-o muito bem.

– De onde, Lucas?

– Vamos em frente, me conte tudo o que você se lembra.

– Ele me foi trazido condenado à decapitação. Mas ele era romano e tinha alguns direitos.

– Quais, por exemplo?

– Ele tinha algumas regalias por ser romano. Tinha cela separada, nós não podíamos torturá-lo e ele tinha direito a visita. Eu achei aquele homem muito estranho. Realmente, ele era um homem iluminado. Algumas vezes, o Diego, que era meu comandante, me procurava para dizer que, durante a noite, a cela dele ficava iluminada como se lá dentro tivessem acendido uma potente fogueira. Tudo ficava muito claro. E eles se assustavam com aquelas aparições.

– Esse é o mesmo Diego que foi o seu pai?

– Sim, Diego anda comigo por muitas vidas.

– Espíritos afins. – disse Lucas. – Mas me conte.

– Eu era casado e tinha uma filha que eu amava muito. Vivíamos em adoração aos deuses de Roma, dentro de minha luxuosa mansão, havia um templo em adoração aos deuses romanos. Tudo ia muito bem para mim até que a minha menina ficou muito doente.

Vieram médicos por ordem de Nero para ver a minha filha. Mas ela não melhorava.

Tudo o que tentávamos era em vão. Ela se contorcia em dores horríveis e tinha uma febre que não cessava.

Até que, um dia, eu resolvi oferecer um grande banquete ao Deus Apolo, pedindo-lhe para curar a minha filha.

Fizemos uma grande festa e muitos sacrifícios. Magias, se é que me entende.

Os dias passaram e a minha filha só piorava.

Eu entrei em desespero, até que fui procurado por um dos meus soldados que me pedia permissão para uma visita ilustre que acabara de chegar para ver o Paulo.

Algo dentro de mim me dizia que eu deveria permitir aquele encontro.

Marquei uma entrevista com o rapaz que queria muito falar com Paulo.

O nome dele era Lucas, como o seu. Um rapaz jovem e muito simpático. Gentil e cordial com todos.

– Tragam o rapaz. – disse.

Ele entrou vestido com uma túnica que lhe cobria todo o corpo e um turbante de cor cinza para esconder-se do sol ardente daquele lugar.

Em passos lentos, ele se aproximou de mim.

Eu estava na ante sala, a sala onde dá acesso à prisão, todos os que chegam àquele lugar tem por obrigação que passar por ali.

Sentado estava, sentado fiquei.

– Bom dia, rapaz!

– Bom dia, senhor prefeito.

– O que desejas aqui e como te chamas?

– Me chamo Lucas.

– E o que desejas aqui?

– Eu gostaria de visitar Paulo. Tenho grande admiração por ele e gostaria de vê-lo.

– O que você quer com ele?

– Conhecimento e sabedoria, senhor!

– E ele tem essa sabedoria e conhecimento para lhe dar?

– Sim, meu senhor. Paulo é um grande sábio, um homem que muito tem a me acrescentar, aliás, acrescentar a todos nós.

– O que fazes, meu jovem?

– Sou médico, meu senhor.

Naquele momento, eu senti algo muito estranho dentro de mim. Senti uma esperança, algo que não soube explicar muito bem naquele dia. Fiquei confuso.

Algo tocou o meu rude coração.

Olhei para ele por alguns segundos e permiti que ele visitasse Paulo. Fiquei meio que paralisado com aquela informação. Algo místico aconteceu.

Assim, ele foi levado até a cela em que Paulo esperava pelo dia da decapitação.

E eu fiquei ali por alguns minutos sem entender muito bem por que eu deixei ele visitar Paulo.

As coisas começaram a piorar em minha casa, após duas semanas, os médicos que assistiam minha filha me procuraram para falar da saúde dela. O caso era muito mais grave do que eu imaginava. A minha esposa nem sequer olhava mais para mim, ela me condenava por tratar Paulo com respeito, mas o que eu podia fazer? Ele era Romano assim como eu, e as leis me impediam de maltratá-lo. Ela achava que ele era um homem maldito, e que tudo o que estava acontecendo a nossa filha era pela presença de Paulo em nossa cidade.

Embora faltassem poucos dias para a sua decapitação, a minha esposa me condenava pela doença e morte da minha filha. Eu tentava controlá-la, mas ela sequer falava comigo.

Eu não sabia mais o que fazer.

Naquela tarde, eu cheguei à minha casa e lá estavam os três médicos indicados por Nero para cuidar da minha menina sentados me aguardando.

– Senhor prefeito?

– Sim.

– Vamos nos sentar. – disse o médico.

Nos sentamos em volta da minha extensa mesa de jantar.

Os serviçais serviram chá e torradas.

A minha esposa estava de pé na entrada da sala e se recusou a sentar-se conosco.

Eu estava ali rezando para as notícias serem melhores.

– Senhor prefeito, infelizmente, não temos boa notícia para lhe dar. A sua filha contraiu uma doença que não conhecemos, os remédios já não fazem mais efeito.

– Os deuses não estão ao nosso lado, prefeito. – disse o outro médico.

– Mas eu já fiz de tudo para os deuses me ajudarem.

– Pouco adiantou, meu senhor, a sua filha não sobreviverá a essa doença. Restam-lhe poucos dias de vida.

Nessa hora, a minha esposa, Eleonora, entrou em desespero e correu para o quarto onde minha pequena menina repousava.

– Imediatamente, despachei aqueles médicos e fiquei ao lado de Eleonora velando os últimos suspiros de minha adorável filha.

O clima era muito ruim, todos estavam transtornados com a doença que estava matando a minha menina.

Desesperado, resolvi voltar à prisão. Eu não queria assistir à morte do meu anjo.

Chegando à minha sala, o Diego veio me procurar dizendo que o rapaz de nome Lucas estava escrevendo alguns pergaminhos e levando para fora da prisão. Imediatamente, eu mandei chamá-lo, assim, os guardas trouxeram Lucas e Paulo. Voltei para a prisão para ouvi-los.

– Boa tarde, senhor prefeito.

– Boa tarde, Paulo.

– Boa tarde, senhor. – disse Lucas.

– O que é que vocês estão escrevendo aqui em minha prisão? Com ordens de quem levas esses escritos para além-muro?

– Não culpe o Lucas, senhor. – disse Paulo. – Ele apenas quer perpetuar as minhas palavras. É um bom rapaz e quer que todos conheçam a minha história ao lado de Jesus.

– Paulo, sabes que tens algumas prerrogativas aqui porque és Romano. Me dê esses escritos, vou analisá-los. Agora, voltem para a cela e prendam esse rapaz até que eu possa realmente ver o que eles estão escrevendo. Será um complô contra Roma? Será que os senhores estão a desenhar o mapa de nossa prisão?

– Não é nada disso, meu senhor. – diz Lucas.

– Cale-se, você está preso em nome de Roma – disse.

O Diego dá uma chicotada nas costas de Lucas que, com a força da pancada, cai ao chão.

Paulo o socorre e pede pelo amigo.

– É desnecessário tudo isso, Lucas é um bom homem.

– Tire-os daqui imediatamente.

Assim, Paulo e Lucas foram retirados de minha presença. Comecei a ler os escritos do rapaz. Quando dei por mim, eram oito horas da manhã no dia seguinte.

Tudo aquilo mudou totalmente meu coração. Eu conheci um homem que passou por duras provas e elas o transformaram em um servo do Senhor. Meu coração doía em lágrimas de arrependimento por tudo aquilo que havia feito até aquele dia.

Os corpos pendurados nos postes em chamas iluminando a cidade não saiam de minha mente. Eu vi aqueles homens agonizarem pedindo a Deus que os salvasse daquele martírio, e meu coração era como pedra que nada sentia.

Foi quando eu li alguns textos escritos por Lucas, aos quais eles chamavam de cartas, atos e outros nomes, e ali eu pude ver os milagres que Paulo fazia em nome de Jesus.

Algo mexeu com o meu coração. Corri até a minha casa para ver como estava a minha filha.

Entrei em seu quarto e vi que lhe faltava poucas horas de vida. A fumaça do incenso acesso pedindo clemência aos Deuses quase não me deixava ver meu anjo caído sobre lençóis de dor.

A minha esposa, acabada, estava ajoelhada ao chão com metade do corpo sobre a cama em que jazia ali minha pequena menina, que chamávamos carinhosamente de Flor.

Imediatamente, ordenei que tirassem todas aquelas coisas do quarto da menina. Minha esposa voou para cima de mim me espancando e gritando "você não vai trazer aqui aquele que é culpado de nossa dor. Não traga esse cristão aqui, isso vai enfurecer os deuses e nossa filha vai morrer!"

– Ela gritava e me socava o peito.

– Ordenei, então, aos meus guardas que a tirassem dali. Muito revoltada, eles conseguiram convencê-la a sair.

Imediatamente, voltei à prisão para falar com Paulo, eu estava decidido a pedir ajuda ao Deus dele.

Chegando ao quartel, fui até os jardins que lá havia e pedi ao Diego para trazer Paulo para conversar comigo.

Ele assim o fez.

Paulo veio caminhando lentamente com as duas mãos sobre os olhos, a luz do sol o incomodava, afinal, sua cela não tinha a luz do dia.

Lentamente, ele chegou, me cumprimentou e se sentou ao meu lado.

– Bom dia, meu senhor.

– Bom dia, Paulo. Como tens passado?

– Eu estou bem, meu senhor.

– Paulo, eu andei lendo aquelas cartas que seu amigo Lucas anda escrevendo.

– Ele insiste em mandar essas cartas para fora dos muros de Roma, Lucas é um bom homem, na verdade, um doutor, pessoa de muito conhecimento, e tem um coração que, confesso, ainda não encontrei igual sobre a terra.

– Aqueles milagres são verdadeiros?

– Sim, todos são da vontade do Pai.

– Esse seu Deus tem um reino?

– Sim, o reino dos céus. O reino dos justos, o reino eterno.

– E onde fica esse reinado?

– Ainda muito distante da compreensão humana, senhor.

– Como assim?

173

– O reino dos Céus não é deste mundo, não é algo que possas possuir. O reino de Deus está dentro dos corações aflitos que precisam de paz para seguir evoluindo. Fica em lugar ainda muito distante da compreensão humana.

– Perdoe-me, Paulo, mas isso é algo incompreensível.

– Compreendo, senhor.

– Mas me fale dos milagres, como eu posso conseguir um? Tenho que fazer alguma oferta ao seu Deus?

– O meu Deus não é o Deus das ofertas, ele é o Deus das transformações. Transforme-se e agradarás ao meu Deus.

– Como, Paulo?

– Somos seres espirituais e estamos aqui para expiar junto aos nossos semelhantes. Precisamos compreender que somos todos iguais diante do Criador, que tudo sabe e tudo vê.

– E o que eu preciso fazer para conseguir esse tal milagre? Eu não sei se sabes, mas tenho uma filha em estado terminal, os médicos de Roma já não sabem mais o que fazer, todas as medicinas já foram tentadas, já fiz vários agrados para os Deuses e ela só piora. Nessas escritas, Lucas escreve que você e um tal Barnabé operaram milagres em nome de Jesus.

– É verdade, Lúcios.

– Eu preciso que você salve a minha filha.

– Lúcios, eu estou velho e cansado, já passei por muitas provas, não me sinto capacitado para cuidar da sua menina.

– Falas isso porque sabes que não posso te salvar. Falas isso por que não posso transgredir as ordens de Nero.

– Não, não é isso. Falo isso porque Deus tem um propósito maior com a doença de sua filha.

– Propósito maior, como assim?

– Lúcios, peça ao Lucas para olhar a sua filha. Ele é um excelente médico, é experiente e certamente poderá ser mais útil que eu.

– Não há relatos em suas escritas de algum milagre atribuído ao Lucas.

– Faça o que te peço, confie em Deus, leve Lucas para ver a sua menina.

Por alguns minutos, me calei. Fiquei pensando "não tenho outra possibilidade". Paulo é romano, se não quer fazer, eu não posso obrigar. Só me resta seguir o conselho dele e levar o Lucas. Lembrei-me dos sentimentos que tive quando pus meu olhar sobre o Lucas.

– E o que você fez?

– Mandei chamar o Lucas e fui com ele até a minha casa.

Quando chegamos, a minha esposa estava em desespero a minha filha não estava mais conseguindo respirar.

Entramos no quarto correndo. Lucas se sentou ao lado da cama e começou a examinar a minha menina.

A minha esposa se afastou do moribundo e encostou na parede de fundo do quarto de minha filha.

Eu me sentei ao lado de Lucas atento a tudo o que ele fazia. Foi quando ele me pediu o meu punhal.

A minha esposa voou para cima de mim desconfiada que ele iria matar nossa filha.

Serenamente, ele me olhou dentro dos olhos e insistiu: – me dê o punhal, senhor.

– E você?

– Tens certeza de que isso é necessário, Lucas?

– Se eu não fizer isso, ela vai morrer em poucos minutos, ela está sangrando por dentro, eu conheço essa doença – me disse o rapaz.

Confiei e tirei o punhal da cintura, entregando nas mãos de Lucas, que enfiou-o embaixo das costelas da minha menina, que deu um enorme grito de dor.

Imediatamente, começou a jorrar um sangue negro de dentro dela. Ele, então, pediu-nos panos limpos, algumas ervas e água quente.

Foram três dias de luta. Lucas nos proibiu de entrar naquele quarto pelos três dias, ele dizia que aquela doença era contagiosa e que nós não deveríamos ter contato com ela.

– E o que aconteceu?

– Você nem vai acreditar.

– Conte-me.

– Após três dias, Lucas saiu do quarto abraçado à minha filha, que sorria para mim e para a sua mãe. A alegria voltou ao meu lar.

– E o que aconteceu dali por diante?

– Levei Lucas de volta à prisão e permiti que ele escrevesse quantas cartas quisesse ao lado de Paulo. E assim foi até o último dia de vida de Paulo.

– Ele foi morto?

– Sim, a sentença de Nero foi cumprida, fui eu mesmo quem pegou a cabeça de Paulo e levei para Nero. Era costume levar a cabeça do morto para quem lhe deu a sentença.

– E depois?

– Voltei à prisão, entreguei a Lucas aqueles pergaminhos que estavam comigo e o soltei.

– E ele?

– Me agradeceu e foi embora de Roma. Ele foi levar as tais cartas para os coríntios, e também que foi ele quem escreveu o evangelho de Lucas.

– Essa foi a sua vida de romano?

– Sim, essa foi a minha infeliz vida de romano.

– Por que infeliz?

– Porque eu agora não consigo sair desse lugar. Você está vendo aquela multidão de espíritos malignos que estão a espreitar esse lugar?

– Sim.

– Pois são eles, aqueles que eu pendurei nos postes. Eles querem, a todo custo, se vingar de mim. Quando não são eles, são os demônios que cultuei quando índio.

– Tens certeza de que são eles?

– Não tenho dúvidas, Lucas, são eles.

– Você já tentou conversar com eles?

– Por duas vezes.

– E não conseguiu?

– Não, eles dizem que querem me pendurar e atear fogo em mim para eu sentir na pele o que fiz a eles. Eles dizem que querem iluminar esse lugar.

– Você sabe que isso é uma condição psíquica? Isso é coisa de sua mente.

– Sim, eu sei que é coisa da minha mente, mas eu não consigo apagá-la. Eu já tentei várias vezes esquecer isso.

– Deixa eu te dizer uma coisa, Elias. Venha até aqui, por favor. – diz Lucas se levantando e andando alguns metros para perto de uma parede de tijolos antigos.

Elias se levanta e segue Lucas.

Chegando próximos à parede, Elias percebe que há um pequeno chafariz de água cristalina que nunca esteve ali.

– O que é isso? Um chafariz aqui? Como? Eu nunca o vi aqui, Lucas.

– Você nunca tinha observado?

– Não ele nunca esteve aí. – diz Elias colocando as mãos na água para molhá-las.

– Esse chafariz é de onde sai toda a água que você bebeu até agora.

– Estranho, eu acho que já vi esse chafariz em algum lugar.

– Olhe com os olhos da alma, Elias.

– Sim, se parece muito com o chafariz que eu tinha em minha luxuosa casa em Roma. Olha, Lucas, há um jardim aqui também. Meu Deus, é o meu jardim! Como viemos parar aqui, Lucas?

– Você me pediu para lhe levar para a tela e te mostrar Aurora e Maitê, lembra?

As folhas, antes queimadas e escuras, começam a ficar verdes, as folhagens se refazem e tudo parece claro e lindo.

Uma menina de aproximadamente treze anos aparece dançando em meio aos vastos jardins floridos.

Elias se emociona e começa a chorar. Ele vê ali, diante de seus olhos, a sua amada filha Aurora, ou será a menina Flor, filha do soldado romano?

Emocionadíssimo, ele entra em choro profundo. Lucas se aproxima e abraça o amigo.

– É ela, Lucas? Flor é Aurora?

– Sim, a sua filha Flor, ou melhor, Aurora, sempre esteve ao seu lado, foi ela quem te ajudou a superar todos os desafios dessas encarnações. Ela é um espírito que te acompanha há centenas de anos e por muitas encarnações.

– E minha amada Maitê?

– Maitê, que também já foi Joana em sua vida, está aqui.

– Onde?

– Vire-se e você verá.

Elias se vira e Maitê está de braços abertos a lhe esperar.

Em lágrimas, ele se joga nos braços de sua amada e ficam calados por alguns minutos.

– Meu Deus, obrigado por me tirar daquele maldito lugar. Obrigado, Maitê, por vir me salvar.

– Olhe, a nossa filha está vindo, querido!

Aurora corre em direção aos seus pais e os abraça.

O sol brilha no horizonte, é fim de tarde. Todos estão felizes. Após muitas carícias e momentos felizes, eles se sentam no alto da planície para olhar o pôr-do-sol. Os corações estão felizes.

Lucas observa tudo calado em um lugar distante de Maitê, Aurora e Elias.

Após algum tempo, eles olham para trás e percebem que Lucas se aproxima.

– Lucas, meu amigo, obrigado por tudo isso. – diz Elias.

– Obrigada, tio Lucas. – diz a menina abraçando-o.

Todos ficam de pé e Maitê abraça Lucas sem dizer nada. Parece serem velhos conhecidos.

– E o Cícero, Lucas, como ficou? – pergunta Elias.

– Você não o perdoou?

– Sim, eu compreendi e aceitei o que ele me fez.

– Dever cumprido, meu amigo. Isso é passado. Maitê também perdoou o seu pai.

– Ainda bem. – diz Elias.

Maitê sorri olhando para seu amado e seu grande amigo Lucas.

– Elias, agora nós temos que ir. – diz Lucas.

– Ir para onde?

– Ainda falta uma coisa para resolvermos.

– O que será, Lucas? Eu só quero ficar ao lado delas. Tenho mesmo que ir?

– Você vai poder ficar, pai. Agora, você precisa acompanhar o tio Lucas, ainda há algumas pendências para serem resolvidas. – diz Aurora carinhosamente.

– Tem mais coisas?

– Sim, amor, vá com o Lucas. – diz Maitê.

Lucas está de pé e lentamente ele se afasta do grupo esperando por Elias, que se despede de seus amores.

Elias finalmente caminha em direção a Lucas. Juntos, eles seguem por uma trilha para bem distante daquele lugar. Eles estão novamente a caminho do umbral.

Maitê e Aurora ficam olhando Elias se afastar sorridentes e felizes com o reencontro. Acenam, com a mão, um até logo.

> "
>
> Sois o único objetivo de Deus... creia.
>
> "
>
> *Lucas*

De volta ao umbral

Lucas e Elias caminham lado a lado em uma estrada escura. Quase não se pode enxergar o caminho.

– Que lugar horrível é esse, Lucas? Voltamos ao Umbral?

– Essa é a região onde você precisa se encontrar com mais alguns espíritos para terminarmos nossa tarefa aqui no Umbral.

– Não é perigoso andarmos por aqui sozinhos?

– Não estamos sozinhos, Elias.

– Eu não vejo ninguém a nos acompanhar.

– Nunca estaremos sozinhos, você estava sozinho naquela região do Umbral?

– Sim, eu estava sozinho, fiquei naquele lugar por muito tempo sozinho. Eu não quero voltar ao Umbral, Lucas.

– Tenha calma e confie em mim.

– Me ajude, meu amigo. Não sei o porquê, mas eu tenho medo desse lugar.

– Vamos encontrar com alguns espíritos que precisam se ajustar a você muito em breve, tenha calma. Confie em mim.

– Se ajustar a mim? Como assim?

– Tenha calma, vamos caminhar.

– Você trouxe aquela água, Lucas?

– Sim, você quer?

– Posso?

– Sim, claro! – diz Lucas parando e retirando da cintura seu cantil com água fresca.

Elias bebe a água e se sente melhor.

– O que tem nessa água, Lucas?

– O que tem? como assim?

– Toda vez que bebo dessa água, eu me sinto bem melhor.

– É uma boa água, só isso, Elias.

– Parece possuir algo que melhora meu estado.

– Se sentes assim?

– Sim, como eu disse, toda vez que bebo dessa água eu me sinto melhor, parece que ela me refaz, me melhora, entende?

– Sim, entendo.

– Olhe, Lucas, há uma colina à frente.

– Vamos subir nela, Elias.

A subida é íngreme e Lucas e Elias demoram muito tempo até alcançarem o topo. Não há vegetação no lugar. Pequenas árvores retorcidas dão um toque medonho àquele lugar de muita escuridão.

– Chegamos, Lucas. – diz Elias bufando.

– Enfim, chegamos.

– Que lugar é esse?

– Olhe lá para baixo.

Elias olha para baixo e vê que uma caravana de soldados vem subindo o monte em sua direção, eles trazem tochas acesas. São mais de trinta homens montados em cavalos negros.

Elias tem medo e se aproxima de Lucas.

– Que lugar é esse, Lucas?

– Estamos muito próximos do vale dos suicidas.

– Vale dos suicidas?

– Sim, olhe lá embaixo.

– Eu já olhei, o que vi são homens vindo em nossa direção segurando tochas acesas.

– Você está com medo, Elias?

– Sim, será que são aqueles malditos que querem me queimar?

– Eu não sei quem são, vamos esperar que eles cheguem para sabermos quem realmente são. Temos que ter fé, Elias.

– Você vai me proteger, Lucas?

– Proteger de que?

– Se forem aqueles malditos, você vai me proteger?

– Eu não tenho que te proteger, já te falei, isso é coisa de sua mente, é você quem tem que se ajustar com ela.

– Mas eu já tentei de tudo e não consigo me livrar daquela cena em que eu ateava fogo naqueles pobres homens pendurados nas vielas de Roma.

Lucas percebe que Elias não está bem. Ele começa a tremer de medo.

– Não tenha medo, Elias, eu estou aqui.

– Posso confiar em você?

– Sim, podes confiar, no final, tudo vai acabar bem!

– Mas se eles me pegarem, o que você vai fazer?

– Tenha calma, Elias. Vamos esperar eles chegarem.

A caravana de soldados iluminados pelas tochas sobe lentamente a colina.

Ao longe, podem-se ver várias pequenas fogueiras rodeadas de espíritos que sofrem presos àquele maldito lugar.

Aves negras do tamanho de águias sobrevoam Lucas e Elias. São como abutres que esperam pela carniça para se alimentar.

Elias está nervoso, ele anda de um lado para o outro esperando orientações de Lucas.

– Nós vamos ficar aqui parados esperando a morte chegar, Lucas?

– Tenha calma, Elias.

– Não dá para ter calma, olhe, eles trazem madeiras e postes, certamente para me pendurar.

– Vamos esperar eles chegarem. Quer água?

– Não, eu não quero nada, eu quero é fugir desse maldito lugar. E essas aves, o que querem? São abutres?

– São aves desse lugar, Elias.

– Elas vão nos atacar, é melhor acendermos uma luz para assustá-las.

– Elas não se assustam facilmente, Elias.

– E vamos ficar aqui parados?

– Calma, Elias, tome, beba a água, por favor. – diz Lucas entregando o cantil a Elias.

– Está bem, vou beber. – diz Elias bebendo um pouco de água.

Lucas se senta em uma pedra que há no lugar.

Elias se senta perto de Lucas e fica esperando que os homens se aproximem.

– Olhe, Elias, lá embaixo.

Elias se levanta para olhar onde Lucas indica estar acontecendo algo.

Uma forte luz desce dos céus e ilumina um ponto perdido naquele vale. É um clarão bem forte. Elias fica impressionado com a luminosidade.

– O que é aquilo, Lucas?

– Fique olhando, Elias.

A luz desce dos céus e ilumina dois corpos caídos em um lamaçal. De dentro dela, sai um casal, ambos vestidos de branco e, atrás, quatro rapazes fortes trazem duas macas, eles se aproximam dos corpos caídos e os recolhem à maca com muito carinho. O rapaz ao lado da moça estende a sua mão direita sobre a fronte da menina caída e enlameada, o raio de luz lhe atinge a cabeça, iluminando todo o seu corpo, que começa a brilhar. O mesmo acontece com o rapaz que está sendo resgatado.

Elias leva as duas mãos ao rosto e começa a chorar.

– Não chore, Elias.

– Que lindo.

– Sim, o amor de Deus por seus filhos é a coisa mais linda de se ver.

– Eles estão sendo salvos?

– Sim, estão sendo resgatados.

– E para onde serão levados?

– Para uma colônia espiritual.

– Como Aruanda, por exemplo?

– Não posso lhe assegurar em qual colônias eles ficarão. Mas estão sendo levados para uma das centenas de colônias que existem sobre o orbe terreno.

– Como é feita essa seleção, Lucas?

– Como assim?

– Como é escolhida a colônia em que eu vou poder ficar, por exemplo?

– Você será levado para o lugar em que melhor atender às suas necessidades desse momento.

– Quer dizer que tudo depende da minha necessidade?

– Sim, as necessidades aqui são múltiplas. Não são todas iguais. Cada um tem seus resgates, suas necessidades, seus dramas e dúvidas que precisam ser equacionados de acordo com seu grau evolutivo. "A cada um segundo a suas obras" ... já ouviu isso?

– Sim, já ouvi isso e sei que tudo o que estou passando é porque não segui esse ensinamento.

– Pois é assim a Lei de Deus.

– Sabe, Lucas, agora eu compreendo que tudo o que eu preciso para me salvar sempre estará dentro de mim mesmo.

– Como assim, Elias?

– Em todas as vezes que eu pequei, algo me dizia: – Não faça isso... por que você fez isso? Volta lá e conserta... e eu nunca dei muita importância a isso.

– Tudo o que precisamos está adormecido dentro de nós mesmos, Elias. Ele, que tudo sabe e tudo vê, jamais deixará o que mais ama desamparado. O que precisamos, na verdade, é dar ouvidos ao que nos fala por dentro, pois tudo o que necessitas está dentro de ti, inclusive o Pai.

– É, Lucas, agora sei bem disso. Estou aqui novamente preso a essa condição por ter negado tudo o que o meu coração me implorava para pôr em prática.

– Ainda bem que existe misericórdia, não é, Elias?

– Estou à espera dela, meu amigo.

– Ela está a caminho.

– Em minha direção, só vejo soldados cruéis que certamente irão me pendurar em um poste aqui no Umbral e irão atear fogo em meu corpo.

– Tenha mais confiança em Deus.

– Lucas, você por acaso sabe há quanto tempo eu estou aqui?

– Mais ou menos.

– Mais ou menos quanto?

– Alguns anos.

– Exatamente o que eu pensava, longos anos. Mas anos precisos, você sabe?

– Não, Elias, e isso não importa.

Lucas e Elias começam a ouvir o barulho da tropa se aproximando.

– Ai, meu Deus, eles estão chegando, Lucas.

– Olhe, Elias, o resgate daquelas almas está acontecendo.

Elias olha para o vale e pode ver claramente os dois corpos colocados sobre a maca. À frente, o casal de iluminados se dirige até o ponto forte de luz que clareia todo o lugar, eles são seguidos pelos maqueiros levando adormecidos e iluminados um rapaz e uma menina suicida.

– Que Deus abençoes esses iluminados, Lucas.

– Essa é uma das mais lindas missões aqui no Umbral.

– Não é diferente da sua, meu amigo. Pelo que posso ver e sentir, você também é um iluminado.

– Obrigado pelo elogio, Elias.

– De nada, Lucas.

Os homens se aproximam. O barulho é forte, parece que não são exatamente cavalos, são animais negros e gigantes como búfalos. Eles tem uma argola dourada pendurada no nariz. Todos são fortes. Há vários homens vestidos de preto, outros estão fardados. São realmente soldados romanos.

Elias se esconde atrás de Lucas.

Eles se aproximam mais ainda e rodeiam Lucas e Elias. Um grande círculo é formado e, no meio estão Lucas e Elias.

Sereno, Lucas se mantém de pé e, ao seu lado, Elias.

– Boa noite, senhor!

– Boa noite. – responde Lucas.

– Viemos buscar você, Elias.

– O que querem de mim?

– Lhe devolver toda a maldade em que colocastes sobre nós.

– Mas eu não fiz nada.

– Você ordenou que queimássemos os cristãos na fogueiras de Roma, meu prefeito, foi o senhor quem nos mandou para cá. Foi obedecendo às suas ordens que chegamos
aqui. Agora, chegou a hora do acerto de contas.

– Mas eu cumpria ordens de Nero.

– Esse maldito nós ainda não encontramos aqui. Por
muito tempo, estamos a te espiar, só nos faltava essa oportunidade. Agora, chegou a sua hora, e não pense que seu
amigo ai vai te proteger.

– Você não vai falar nada, Lucas?

– Qual o seu nome, senhor?

– Cesariano, senhor.

– Nossa, mas como você está diferente, Cesariano! –
diz Elias.

– Fui decapitado logo após a sua morte, fui condenado
por traição.

– Como assim? O que você fez?

– Não tenho que lhe dar satisfações, Elias. Agora, venha,
vamos te queimar. Rapazes, preparem a fogueira.

Os homens então descem de seus animais e começam a
arrumar uma grande fogueira após colocarem um tronco
de madeira em pé.

Lucas assiste a tudo calado.

Elias está apavorado.

Cesariano desce de seu animal e pega Elias pelos braços.

Elias está amarrado.

Seu rosto reflete pavor por tudo aquilo que está para lhe acontecer.

– Você vai queimar no inferno, seu desgraçado! – diz Cesariano.

Os homens riem da cara de Elias que, sentado ao chão, nada pode fazer.

Grossas cordas o amarram.

Elias é levado e preso no topo da fogueira.

Os homens gritam de alegria.

– Vai queimar... vai queimar... desgraçado... vai nos pagar... infeliz... morra!

Os gritos podem ser ouvido em todo o Umbral.

As aves sobrevoam aterrorizando Elias que não consegue se mexer.

Tudo pronto para a execução.

Cesariano pega então uma tocha e se aproxima para dar fim a Elias.

198

Lucas interfere pedindo a palavra.

– Senhores, eu posso lhes falar?

– Não há mais o que dizer, vamos matar esse desgraçado.

– Senhores, uma palavra, por favor. – insiste Lucas.

Uma forte luz invade o lugar. Os soldados mal conseguem enxergar o alto da colina.

Todos colocam as mãos sobre os olhos incomodados com aquela luz.

O único que não consegue se esquivar da claridade é Elias, que assiste, diante de seus olhos, à transfiguração de Lucas. O rapaz se transforma no Lucas do tempo de Roma.

Elias começa a chorar. Os soldados se ajoelham diante do iluminado Lucas.

– Meu Deus, é o Lucas! – diz Cesariano.

Todos ficam emocionados ao verem o iluminado Espírito.

– Perdoe-nos, Lucas! – diziam.

Lucas, então, começa a falar.

– Senhores, de nada adianta pagar o ódio com mais uma porção de ódio. É com amor e perdão que tudo isso deve acabar. Sei muito bem que alguns de vocês foram realmente soldados que cumpriram ordens de Elias, mas sei também que, antes de todas as mortes que vocês cometeram, puderam ouvir dentro de seus corações o lamento de Deus, que lhes dizia: – Não façam isso... tendes o livre-arbítrio, e é no exercício dele que buscareis a vossa evolução. Nenhum de vocês aqui presente deixará de ser assistido na hora da decisão, assim, sois os únicos responsáveis pela crueldade em que estivestes envolvidos.

O silêncio é total.

– Esse não é o momento de aumentarem as suas penas evolutivas, esse é o momento de resgate das atitudes impensadas, das mazelas da alma. É chegado o momento do perdão, da disciplina e do arrependimento sincero.

Deixai para trás o rancor, a raiva, o ódio, a avareza. Tomai sobre vós o perdão sincero, que lhes libertará desse sombrio lugar e os levará às terras distantes, onde poderão rever todo o seu passado e consertar seus erros, aprimorando o caminho a seguir.

Perdoar é conceder a Deus a permissão que necessitas para tornar-se melhor.

Ainda que te aches no vale da morte, há vida em abundância em todo lugar.

Cesariano se ajoelha diante de Lucas arrependido.

– Perdoe o meu coração, Lucas?

– Eu te perdoo em nome de Deus.

Todos se ajoelham e pedem perdão a Lucas, que anda entre os soldados lhes abençoando e colocando as suas mãos sobre a cabeça de cada um.

Rapidamente, um dos soldados solta as cordas que prendem Elias que, emocionado, se atira aos pés de Lucas.

Todos estão emocionados.

Lucas se abaixa e levanta do chão seu assistido, Elias, que o abraça em lágrimas.

Uma caravana de luz se aproxima do lugar e todos são levados nas macas salvadoras do amor.

Uma linda caravana de espíritos está presente e todos são resgatados.

Lucas e Elias, sentados no alto do monte, assistem ao resgaste dos mais de trinta homens desmaiados sobre as macas carregadas pelos voluntários do amor.

– Que lindo, Lucas.

– Ele é lindo, Elias.

– Eu nunca imaginei que isso iria acontecer aqui nesse lugar.

– Ele está em todos os lugares, Elias.

– Agora, mais do que nunca, eu tenho certeza disso. Obrigado, Lucas.

– Ainda não terminamos, meu amigo!

– Ainda não?

– Não, precisamos voltar ao centro espírita.

– Ao centro espírita?

– Sim, ao centro espírita. Venha!

Lucas se levanta e segue pela trilha que sai daquele lugar.

Os maqueiros ainda recolhem os soldados desmaiados.

Cesariano olha emocionado para Lucas, que se aproxima de sua maca e lhe estende a mão.

– Obrigado, Lucas, mais uma vez, obrigado!

– Siga a luz, Cesariano. A luz!

– Gratidão, Lucas.

Sorrindo, eles se despedem.

Lucas volta para perto de Elias e o convida a seguirem juntos.

– Antes de voltarmos ao centro espírita, eu gostaria de ter mais uma conversa com você, Elias.

– O que você quer saber agora, Lucas?

– O motivo do seu suicídio.

– Eu não gostaria de conversar sobre isso. É mesmo necessário?

– Se você não quiser falar, não tem problema.

– Podemos ir caminhando?

– Caminhando para onde?

– Para o centro espírita.

– Sim, podemos.

– No caminho eu te conto.

– Se preferes assim, assim o faremos. – diz Lucas.

> *Não diga que não sabes quando o amor de Deus vos fala ao coração.*

Lucas

O suicídio

Lucas e Elias caminham lentamente pelas ruas do Umbral.

Cabisbaixo e nitidamente envergonhado, Elias caminha por um tempo sem nada dizer.

Lucas, compreensivo, caminha a seu lado em silêncio.

Após algum tempo, Elias resolve falar.

– Lucas, eu tenho muita vergonha do que vou te contar agora. Foi uma decisão impensada e impulsiva. Quando dei por mim, eu estava em meu quarto com o meu revólver na mão. Pensei "é só um estalo e tudo acabou".

Lucas permanece em silêncio ouvindo Elias.

– Eu achava que, tirando a minha própria vida, resolveria as minhas questões pessoais. Eu achava que, por ser um escritor, um palestrante e um profundo conhecedor do espiritismo, eu não iria para as zonas de sofrimento. Sinceramente, eu me achava...

– Vejo que você se enganou.

– Sim, hoje sei que parte desses treze anos de sofrimento são consequência do meu suicídio. Eu me lembro que, quando acordei aqui, haviam diversos abutres comendo minhas coxas. Eles se alimentavam da minha carne podre e fedorenta.

Logo percebi que se eu mudasse a vibração de meu pensamento, eu conseguia fazer com que eles se afastassem, e assim eu fiz. Comecei a pensar como espírito, e não mais como alma encarnada.

– E o que aconteceu?

– Os abutres se afastaram de mim. Mas o cheiro e a putrefação não pararam.

– Que bom que você mudou seu pensamento.

– Tudo aqui no Umbral é pensamento, Lucas. Eu só não conseguia sair daqui, mas, graças a Deus, você apareceu e estamos muito perto do livramento, não é?

– Sim, estamos a caminho do centro espírita, onde tenho algumas coisas para te mostrar.

– Sou e serei grato a você por toda a eternidade, Lucas.

– Não agradeça, evolua.

– É esse meu propósito daqui por diante.

– Mas qual foi o motivo do suicídio?

– Eu estava casado já há alguns anos com Nilce, éramos muito felizes, embora ela não pudesse me dar o tão desejado filho.

– Você queria ser pai?

– Sim, era meu sonho.

– Mas por que ela não podia ter filhos?

– Ela tinhas umas complicações, coisa de mulher.

– Você por acaso fez algum exame para saber se realmente era ela quem não podia te dar um filho?

– Sempre fui saudável, nunca houve casos na minha família de infertilidade.

– A pergunta é o exame, você fez?

– Não, nunca fiz nenhum exame.

– Você se incomoda se pararmos um pouco?

– Está cansado, Lucas?

– Não, eu só queria beber um pouco de água.

– Vamos nos sentar ali. – diz Elias mostrando um rochedo onde se pode sentar e admirar a paisagem que circunda o umbral.

Elias é o primeiro a se sentar.

Lucas se ajeita ao lado do amigo, retira o cantil de bebe um bom gole de água.

– Quer água, Elias?

– Sim. – diz Elias pegando o cantil e levando à boca sedenta.

Após vários goles, ele entrega novamente o cantil a Lucas.

– Então você sempre achou que não tinha nenhum problema de saúde?

– Certamente o problema era dela, e não meu.

– Como podes ter essa certeza?

– Pelo amor de Deus, Lucas, não me venha dizer que eu é que era a parte que não podia ter filhos.

– Olhe para a tela, eu tenho algo muito importante para te mostrar.

Lucas repete o gesto das mãos e uma tela se abre na frente dos dois.

Nilce está sentada na sala de uma clínica aguardando o médico trazer os seus exames.

Ele finalmente adentra a sala e lhe entrega alguns papéis.

Nela, Nilce recebe das mãos do médico o resultado dos exames dela.

O médico então diz:

– Bom, Nilce, aqui estão todos os seus exames. Eu posso assegurar que você não tem nenhum problema que impeça a gravidez. Como o Elias se recusa a fazer os exames dele, não tenho como assegurar que ele é quem é incapaz de ser pai. Reafirmo que você não tem nenhuma doença e está pronta para ser mãe.

Nilce olha para os exames triste e permanece calada por alguns minutos até que o médico puxa conversa com ela.

– Não fique assim, Nilce, vocês ainda são jovens, quem sabe você consegue convencê-lo de fazer os exames.

– Ele não virá, doutor. Meu marido é um homem muito difícil. Ele acha que nada de mau pode lhe acontecer. Ele está mais preocupado com a sua carreira como dirigente e escritor do que com a sua própria família.

– Nilce, se um dia você precisar de mim, é só vir aqui, eu explico tudo para ele e, quem sabe, a gente consegue convencê-lo do exame?

– Elias? Ele nunca aceitará ter alguma doença.

– Converse com ele.

– Não tenho o que fazer doutor.

– Está bem, se precisar é só me procurar.

Nilce se levanta e agradece ao médico pelo exame e pelas palavras.

Elias assiste a tudo calado.

Lucas se mantém em silêncio.

Nilce chega em casa e vai até a cozinha para preparar o jantar, faltam poucas horas para Elias chegar do trabalho.

As lágrimas descem de seu rosto no momento em que ela faz a comida. Uma enorme angústia está em seu peito.

Ser acusada de não poder ter filhos por seu grande amor não é fácil para Nilce.

Elias faz um gesto pedindo a Lucas para interromper as imagens.

– O que houve, Elias?

– Eu me lembro perfeitamente desse dia.

– Me conte.

– Tenho mesmo que contar?

– Será bom para você.

– Está bem. Naquele dia, eu cheguei em casa mais cedo e o jantar ainda não estava pronto, eu percebi que Nilce havia chorado. Indaguei a ela quais seriam os motivos de tanta tristeza. Ela me disse dos exames.

– E você.

– Quase bati nela. Eu briguei muito com ela. Eu a chamei de mentirosa, de idiota, de falsa. Falei que ela estava armando isso para mim, enfim, fiz tudo errado.

– E depois?

– Os dias passaram e o assunto morreu.

Elias se cala.

– O que houve? – pergunta Lucas.

– Estou envergonhado.

– Não fique, somos espíritos, não há mais o que fazer. O passado passou e serve de lição e aprendizado. O importante é o futuro, esse, sim, você pode mudar.

– Eu errei muito, Lucas, ela não merecia isso. Fui tolo, fui arrogante, presunçoso, burro mesmo.

– Não fique assim.

– Agora percebo que tudo o que fiz foi na verdade uma grande perda de tempo. Joguei fora uma encarnação inteira.

– O arrependimento aqui é muito comum, Elias.

– É, eu sei Lucas.

– Vamos caminhar?

– Sim. – diz Elias se levantando.

Após alguns metros...

– Então, você não vai me contar sobre o suicídio?

– Estou juntando forças, Lucas.

– Comece que elas aparecem.

– Um dia, eu cheguei ao centro espírita bem cedinho, eu queria ver como andavam as coisas fora do meu horário habitual. Eu cheguei e eram umas três horas da tarde. Havia um grupo de estudos que usava as instalações do centro espírita naquele horário. Como eu trabalhava, nunca tinha tempo para inspecionar aquele pessoal. Resolvi dar uma incerta para ver se as coisas andavam como eu determinava.

Cheguei em silêncio, vi que todos estavam realmente estudando o espiritismo. Olhei da janela do centro sem que eles me percebessem.

Eu andava muito angustiado, as coisas não iam bem em casa, eu e a Nilce mal nos falávamos. O nosso casamento estava indo de mal a pior e, naquele dia, eu havia recebido uma advertência do meu diretor na empresa em que trabalhava. Eu estava vivendo o meu inferno astral.

Foi quando ouvi a voz da Nilce vindo da cozinha do centro espírita.

– E o que você fez?

– Fui até lá sorrateiramente, como era de costume fazer. Eu gostava de fazer isso. Era como um general que vigia seus comandados.

Ao chegar à cozinha me escondi atrás de uma parede que dava acesso ao lugar e fiquei ouvindo a conversa da minha mulher.

Ela estava conversando com um rapaz de nome Rafael.

Ela se lamentava de mim, dizia tudo de mal e ele a consolava.

As palavras daquele rapaz mexeram com a minha honra. Decido partir para dentro da cozinha e comecei a espancá-los.

Sempre fui forte. Eles me imploravam dizendo que eu estava ouvindo coisas, que eu estava louco.

Todos que estavam no centro naquele dia correram para socorrer Nilce e Rafael.

Sai dali como um louco. E foi assim que tudo aconteceu.

– Conte como aconteceu, Elias.

– É mesmo necessário?

– Sim, conte.

– Eu fui para casa, comecei a imaginar a repercussão daquela tragédia. Imagina: "Elias pega a sua esposa com outro dentro do centro espírita", "Escritor famoso pega mulher com outro homem". Foram essas as manchetes que eu via em minha mente.

– E isso foi o suficiente para você tirar a própria vida?

– Sim, para mim, esse era o fim.

Após alguns minutos de silêncio, Elias retoma a palavra.

– Eu não iria conseguir suportar isso, Lucas.

– Como cristão que és, não deveria ter pensado em nada disso, deveria ter conversado com os dois antes de tirar as suas conclusões.

– É, eu me arrependo muito disso. Acho que fui tentado a fazer o que fiz.

– Seu orgulho, sua vaidade e sua soberba lhe impuseram a morte.

– Agora sei que errei mesmo.

– Vamos ao centro espírita?

– Sim, vamos, estou ansioso para ver as coisas por lá.

– Então, me siga. – disse Lucas acelerando o passo.

> *Sois a razão de tudo, creia, você não está sozinho!*
>
> *Osmar Barbosa*

O centro espírita

Após algum tempo caminhando e de Elias estar mais calmo e refeito da revelação sobre o suicídio, eles finalmente chegam ao centro espírita de que Elias foi presidente durante muito tempo.

– Olha, pintaram as paredes de verde, que péssimo gosto. – diz Elas ao chegar ao lugar.

– Você não gostou da pintura?

– Está horrível isso aqui, Lucas.

– Pois bem, você não está mais aqui para resolver isso.

– Se eu estivesse, certamente esse lugar não estaria nesse estado.

– Venha, vamos nos sentar.

O centro está vazio, falta pouco tempo para começar a sessão daquele dia.

– Olhe, Lucas, retiraram a foto dos meus pais da parede. Quem fez isso?

– Eram importantes?

– Sim, foram eles que fundaram essa casa. Eles deram a vida deles por esse centro espírita.

– Olhe, Lucas, também trocaram a mesa, agora ela é maior.

– Ficou mais charmoso o centro espírita, eu acho!

– Você deve estar brincando, Lucas.

– Sempre que podia, eu vinha até aqui e nunca reparei nesses detalhes.

– Mas aparência é tudo, Lucas.

– Para nós, o que importa é o que vemos por dentro, e não por fora.

– Sim, compreendo. Mas quando eu estava encarnado, tudo isso aqui era limpo e muito bem organizado. Olhe o banco, está cheio de poeira. – disse Elias esfregando os dedos sobre o banco.

– A pior poeira é a do preconceito, Elias.

– Vejo que estou perdendo o meu tempo tentando te explicar meu ponto de vista, Lucas.

– Não está, não. Continue a se lamentar.

– Eu não estou me lamentando, só estou irritado com o que estou vendo aqui.

– E por que está se irritando? Você não faz mais parte disso aqui, você agora é um espírito desprendido da matéria. Não tens mais nada a ver com esse centro espírita.

– Pelo menos eles poderiam ter deixado a foto dos meus pais na parede e, quem sabe, colocar uma em minha homenagem.

– Vaidade tola.

– Não é vaidade, é reconhecimento por alguém que muito fez por esse lugar.

– Não fizestes mais do que sua obrigação.

– Eu não tinha obrigação nenhuma com esse centro espírita, tudo o que fiz aqui foi pela doutrina. Dediquei quase toda a minha vida ao serviço ao próximo e olha o que recebo, nem um quadro na parede.

– Vamos dar uma volta. – disse Lucas se levantando.

Elias o segue.

– Olhe o que fizeram na cozinha... meu Deus! – diz Elias espantado.

– O que houve Elias?

– Mudaram tudo! Eu tinha construído um fogão de lenha para fazermos os eventos anuais de aniversário do centro espírita, assim, economizávamos no gás e, além do mais, comida feita a lenha era um atrativo para que o evento rendesse mais dinheiro para as obras sociais.

– Modernizaram sua cozinha, Elias.

– Não me venha com sarcasmos, Lucas.

– Não é sarcasmo. Venha. – disse Lucas indo para o prédio ao lado.

– Olha o que fizeram à evangelização? Olha Lucas, não há mais as carteiras onde aplicávamos as aulas. Agora, só tem essa maldita televisão, certamente estão passando vídeos modernos ao invés de insistirem na leitura do evangelho.

– Não tire suas conclusões apressadas. Você não sabe o que realmente acontece aqui, Elias.

– Conheço essa gente, Lucas, eles nunca gostaram de estudar. Tudo aqui tinha que ser feito por imposição, eu nunca consegui encaixar na cabeça dessa gente que é o estudo sistemático que nos evangeliza por dentro.

– Venha, vamos ao salão principal, as pessoas já estão chegando para a reunião.

Lucas e Elias se dirigem ao salão principal e se sentam na primeira fila, bem próximo à mesa onde se sentam as ilustres pessoas que dirigem a reunião espírita.

– Não vejo ninguém, Lucas.

– Elas já estão vindo. Sente-se aqui ao meu lado e fique quieto, por favor!

Elias se senta ao lado de Lucas. Impaciente, ele não consegue ficar parado, se mexe o tempo todo. Olha para a porta principal esperando pelas visitas e pelos assistidos daquela noite.

– Que dia é hoje, Lucas?

– Quarta-feira.

– Hoje é o dia que mais enche aqui.

– É.

– Sim, às quartas-feiras, o salão costuma lotar.

– E quantas pessoas costumam vir a esse centro?

– Você não sabe?

– Vou lhe confessar que eu só estive aqui uma vez, e não foi em uma quarta-feira.

– Então você veio no sábado?

– Sim, era um sábado.

– E você gostou do que viu?

– Se tivesse gostado, eu teria voltado.

– O que fiz de errado, por que você não voltou?

– Olhe, Elias, vamos fazer assim, eu vou te levar até a reunião do dia em que eu estive aqui. Tire as suas conclusões, pode ser?

– Sim. Obrigado pela oportunidade, Lucas.

– Venha, feche seus olhos e me siga.

Elias fecha os olhos, Lucas impõe sua mão sobre a testa de Elias, que volta no tempo à sessão espírita do segundo sábado de janeiro de um ano qualquer.

Elias está sentado à mesa principal. O salão está repleto de pessoas. Sua esposa Nilce está ao seu lado. À direita, João Carlos seu braço direito; no centro e sentada à direita de Nilce, Sabrina.

A fila para o atendimento fraterno é grande, várias são as demandas levadas à mesa da direção.

– Chame a primeira, Sabrina. – diz Nilce.

– Todos querem ouvir de você, Elias, uma orientação, afinal você é o famoso dirigente e palestrante requisitado por diversas casas espíritas.

– Eu me lembro desse dia, Lucas.

– Você se lembra dos olhos da carne?

– Como assim, olhos da carne?

– Você consegue ver as companhias que chegam com essas pessoas que te procuravam?

– Não, eu nunca olhei para essas pessoas com o olhar dos espíritos.

– Pois então olhe com bastante atenção, para que possa compreender tudo o que lhe mostraremos a seguir.

– Está bem, Lucas.

Uma senhora de aproximadamente quarenta anos se senta à frente do grupo que atendia as demandas sempre reunidos.

Ao seu lado, um espírito em sofrimento, um rapaz que havia morrido em um acidente de carro implora, através da mãe, ajuda para sair do estado de sofrimento em que se encontra.

– Olha, Lucas, há um rapaz ao lado dela.

– Sim, é seu filho Marcelo, que morreu em um acidente de carro e precisa ser resgatado.

– Meu Deus.

– O que foi, Elias?

– Olha o que fizemos. Eu me lembro bem dessa mulher que só queria de mim uma palavra de conforto e uma oração para o seu filho. Meu Deus.

– Ela não conseguiu sequer tocar a sua mão, Elias, você era muito importante para uma moribunda lhe tocar.

Elias se entristece.

– Você pediu à sua esposa para conversar com ela em outro momento, a sua atenção estava voltada para as pessoas que não paravam de chegar.

– Perdoe-me, Lucas.

– Podemos continuar?

– Sim, podemos.

Um senhor se aproxima para ser atendido.

– Esse eu lembro, é o seu Oswaldo. Ele tinha uma ferida na perna que não cicatrizava.

– Olhe, ao lado dele, quem o acompanha.

Elias fixa o olhar e, ao lado do senhor Oswaldo, havia uma preta-velha que queria a todo custo passar uma receita de uma pomada para curar definitivamente a ferida do pobre homem.

– Você sequer ouviu a preta-velha falar com você através da sua mediunidade. Você não se permitiu ajudar. – disse Lucas.

– É verdade, Lucas, eu me lembro que algo me dizia: – passe para ele aquela pomada feita de ervas... eu não permitia manifestações de espíritos de baixa vibração em nossas reuniões espíritas, éramos Kardecistas puros.

– Kardecistas puros? O que é isso?

– Kardecistas puros não permitem invocações e nem manifestações de espíritos. Somente os espíritos puros.

– E o que são espíritos puros?

– Aqueles que já ascenderam aos planos superiores.

– Pelo amor de Deus, Elias, de onde vocês tiraram isso?

– Ah, nem sei.

– Olhe, a preta-velha só queria dar uma receita, só isso e mais nada.

– E o pior é que ele morreu devido à essa ferida na perna. Não quero mais ver nada, Lucas.

– Eu ainda tenho algumas coisas que preciso te mostrar.

– Sério?

– Sim, ainda precisamos ver algumas coisas.

– Está bem, vamos em frente.

A fila é enorme e Elias não dá atenção a ninguém, ele só está preocupado com o bom funcionamento do lugar.

– Um rapaz se aproxima esperando para ser atendido. Ele traz em sua mão um livro que Elias reconhece pela capa ser um de seus livros publicados.

– Deixe ele passar à frente, por favor. – disse Elias.

O rapaz então se aproxima furando a extensa fila de pessoas que esperam para falar com Elias.

– Bom dia, Elias, eu me chamo Carlos, sou leitor de suas obras e quero parabenizá-lo pelo trabalho, me encanto com seus livros.

Logo você percebeu que o rapaz era homossexual e rapidamente se livrou dele.

– Eu me lembro.

– E o pior não foi você ter se livrado dele, o pior foi o comentário que você fez quando ele saiu de perto da mesa.

– Você não vai me fazer lembrar disso, não é, Lucas?

– Você se lembra?

– Lembro, sim, mas deixa isso para lá.

– Vamos à última pessoa.

– Ainda bem.

– Você se lembra da Sônia?

– Sim, era trabalhadora do nosso centro.

– E você gostava dela?

– Mais ou menos, eu nunca confiei muito nela.

– Vamos olhar o que ela fazia realmente.

Elias é levado a um centro de umbanda onde Sônia está sendo consultada por um caboclo.

– Ué, mas o que essa mulher está fazendo aqui nesse centro de umbanda?

– Olhe, Elias, preste atenção nas palavras desse índio.

O caboclo chamou Sônia para uma conversa particular. Ela se levantou da assistência e foi em sua direção. Eles ficaram conversando perto do altar do pequeno mas iluminado terreiro.

– Com licença, caboclo. – disse Sônia se aproximando.

– Minha filha, eu preciso muito falar com você.

– Diga, meu amigo.

– Amigo? Como assim, Lucas? – pergunta Elias nervoso.

– Observe, Elias. Depois conversaremos.

– Minha filha, eu mandei te chamar aqui porque uma enorme desgraça está para acontecer naquele lugar.

– O que vai acontecer, meu pai?

– Uma enorme desgraça, minha filha. Centenas de espíritos estão a rodear aquele lugar. Há uma nuvem de trevas a se instalar lá.

– Mas por que, meu pai?

– Aquele moço que dirige os trabalhos de lá precisa levantar a cabeça para as oportunidades espirituais que batem à sua porta. Todo tipo de espírito que procura um centro espírita merece respeito e atenção. Ele não atende aos mais sofredores que ficam perdidos sem saber o que fazer. Espíritos umbralinos, sofridos, assassinos, suicidas, homicidas, todos precisam de ajuda, e o que ele faz não é justo.

– Eu tenho observado isso, meu caboclo amigo, nosso presidente, a cada dia que passa, se distancia mais da caridade, é o todo poderoso, ninguém tem razão, só ele sabe tudo, até na evangelização ele se mete. É o dono da verdade, não sabe ele que muitas pessoas chegam ali e enxergam nele a última esperança.

– Minha filha, traga ele para falar comigo. Eu posso ajudar.

– Lucas, por favor, não me mostre isso.

– Elias, você precisa ver isso.

– Por favor, Lucas.

– Se não puder te mostrar isso, você não poderá ir comigo para a colônia.

O silêncio toma conta do lugar.

– Eu me lembro disso, Lucas.

– Então, vamos rever?

– Sim, vamos, pode continuar.

De volta ao centro de Umbanda.

– Eu já tentei falar com a mulher dele, caboclo, eu mesma estou muito desanimada em continuar lá.

– Mas você tem uma missão nessa obra, minha filha, e não pode desistir de lutar.

– É, o senhor já me falou sobre isso.

– Vamos fazer assim, eu vou te acompanhar. Tenha coragem e fale com o menino.

– Está bem, caboclo. Se o senhor diz que vai me acompanhar, amanhã mesmo eu vou até a casa dele para lhe falar.

– Dê a ele o seguinte recado: – diga que Raio Azul quer lhe falar.

– Está bem, caboclo, assim falarei.

No dia seguinte, Sônia vai até a sua residência e te espera chegar do trabalho. A sua esposa a recebe.

– Sônia, o que a traz à minha casa, querida irmã? – disse Nilce.

– Eu preciso falar com vocês.

– O que houve, irmã? Entre! Fique à vontade.

Assim, Nilce convidou Sônia a entrar.

– Sente-se, irmã. Quer um café?

– Sim, gostaria.

– Vou preparar. Venha, vamos nos sentar na cozinha. Enquanto passo o café, conversamos.

Assim, elas se sentaram na cozinha.

– Vejo que a irmã tem algum problema sério para conversar.

– Tenho, sim, mas não é exatamente um problema, minha irmã.

– O que houve. Me conta?

– Tenho um recado para seu marido. Para o Elias.

– Recado? Que recado?

– Você sabe que, de vez em quando, eu vou lá no centro espírita da minha tia, a Elenice.

– Nossa, você ainda frequenta esses lugares?

– Sim, frequento.

– Escolhas, né, irmã? Escolhas, são elas quem nos definem.

– Sim, são as minhas escolhas. Ontem, eu estive lá e o caboclo me chamou para uma conversa. Ele me disse que eu viesse aqui e abrisse os olhos do Elias. O mal está rondando nosso centro espírita e ele quer falar com o Elias.

– Você acha mesmo que o Elias vai cair nessa história, Sônia? Acha mesmo? O Elias é um homem iluminado, olha os livros que ele escreve. Preste atenção na história do meu marido, irmã, não caia nessa conversa fiada de centro de macumba.

– Eu sinceramente vim nessa hora de propósito. Eu não tenho coragem para conversar sobre esse assunto com o Elias, mas a irmã pode dar esse recado para mim?

– Eu posso até falar com ele sobre isso, mas você já sabe qual vai ser a reação dele, né?

– Para mim, o que importa é entregar a mensagem.

– Eu falo com ele. O café está pronto.

– Obrigada.

– Após o café, Sônia foi embora e Nilce esperou você chegar, você lembra?

– Sim, eu me lembro perfeitamente desse dia. Na noite anterior, eu tive um sonho, e quando cheguei em casa e a Nilce me deu o recado do caboclo, confesso, minha alma tremeu.

– Me conte, então, o que você sentiu?

– Eu sonhei a noite toda com um índio que dançava em volta de uma enorme fogueira. Ele era um pajé e fazia um trabalho eu não sabia muito bem o que era. Hoje, sei perfeitamente quais eram os reais motivos daquela dança.

– Podes me contar?

– É uma dança antiga em que invocamos os ancestrais para pedir proteção.

– Você foi ao centro espírita, ao centro de umbanda?

– Não, claro que não. Na posição em que eu me encontrava no espiritismo, eu jamais admitiria tal interferência em minha vida religiosa.

– Você agora tem consciência do que deveria ter feito?

– Sim, e estou muito arrependido de não ter ouvido a voz que me dizia para tirar o cadeado do portão do centro espírita.

– Cadeado?

– Sim, havia uma voz que sempre me dizia que eu deveria abrir as portas do centro espírita para todas as possibilidades espirituais. Eles insistiam em me dizer que o portão do centro espírita deveria estar aberto para encarnados e desencarnados, fossem eles quem fossem. Eu sei que errei e me arrependo muito por ser tão preconceituoso. Eu, literalmente, fechei as portas da caridade para quem mais precisava de caridade. Um centro espírita é um lugar de reencontros, de harmonia espiritual, e não de subdivisões. Quem sou eu para julgar quem precisa de caridade? Por que fechei a porta do meu centro para aquelas mães que só queriam saber notícias de seus filhos assassinados? Por que fechei a porta do meu centro para os preto-velhos que só queriam dar uma receita de cura? Por que fechei as porta do meu centro espírita para aqueles que precisavam de consolo e não de desfile de vaidades? Por que fechei o meu coração às crianças que precisavam aprender a amar e não a seguir um traste de exemplo que fui eu? Por que fechei a porta do meu centro espírita as pessoas que me procuravam buscando um consolo para as doenças graves a que estavam acometidas? Eu fechei as portas do meu centro para todos aqueles que não seguiam um padrão de comportamento e conduta que eu achava ser perfeito. Fui tolo. Sofro agora porque compreendo que todas essas encarnações eram, na verdade, um laboratório, uma preparação para a verdadeira caridade.

Que tolo Lucas. Que tolo, eu fui.

– Não fique assim, quem sabe você recebe uma nova oportunidade?

– Não estou preparado para isso, Lucas.

– Tens ainda algum tempo. Guarde em seu coração o seguinte, Elias.

– Guardarei, Lucas, diga.

– Tudo o que te aconteceu tinha e tem um propósito. Foste preparado para o exercício caridoso do centro espírita. Muitos que leram essa obra farão, através de seu exemplo, uma profunda reflexão e certamente modificarão algumas de suas atitudes a partir dessa leitura. O objetivo mais uma vez é alcançado. Nós temos muitas formas de fazer chegar ao plano físico os desejos do Criador. Uma delas, ou melhor, a mais importante delas é, sem dúvidas, a doutrina espírita, que deve ser exercida com liberdade e sem julgamentos. Se aquele irmão do outro lado da rua ainda não compreendeu sua missão, haverá o tempo exato para isso acontecer. Tudo em seu tempo Elias.

– Eu tive o meu, espero, sinceramente, ter uma outra oportunidade e reescrever a minha história.

– Todos terão uma nova oportunidade porque Ele é amor.

– E como, Lucas, e como...

– Essa é mais uma etapa vencida, Elias, agora é voltar e se juntar àqueles que ficaram em seu passado para juntos traçarem um novo destino.

– Espero que seja evolutivo, Lucas.

– Eu também, meu amigo.

– Eu posso te fazer uma última pergunta, Lucas?

– Sim.

– E Nilce, como está?

– Veja com os seus próprios olhos.

Lucas leva Elias novamente ao centro espírita.

Nilce dirige o centro espírita ao lado de seu novo esposo, Rafael. O centro espírita, embora bem modificado, conseguiu recurso para abrir o orfanato. São mais de sessenta crianças que são assistidas naquele lugar. Um menino de nome Juarez de apenas seis anos está ao lado de Nilce, sua mãe. Ela e Rafael contraíram matrimônio após quatro anos da morte de Elias.

– Ela se casou com o Rafael, Lucas?

– Sim, após a viuvez que ela fez questão de cumprir. Nilce, na verdade, é Eleonora, a sua esposa quando foste soldado romano, e se voluntariou para te ajudar no centro espírita.

– Agradeço muito a ela por isso, Lucas.

– Ela está cumprindo seu destino.

– Serei eternamente grato a ela por isso.

– Agora, vamos – diz Lucas levando Elias a seu lado.

– Para onde vamos agora?

– Chegou o seu momento, meu amigo. Deus tem misericórdia de todos aqueles que Ele criou e os ama profundamente. – diz Lucas abraçando Elias.

Elias, feliz, segue ao lado de Lucas para a Colônia Espiritual Amor e Caridade, onde todos os esperam ansiosos e felizes.

Ele vê que o seu corpo fluídico e físico espiritual está refeito, Lucas o curou enquanto ele contava a sua história e bebia aquela limpa e cristalina água de uma fonte de algum lugar de Roma.

– Lucas, quando você me encontrou pela primeira vez naquele lugar horrível, você me disse que cumpria ordens superiores, você pode me dizer de quem são essas ordens?

– Do seu velho avô Antônio, que hoje preside uma das mais importantes colônias espirituais.

– Eu sabia que tinha algo haver com o meu avô. Espero que todos os dirigentes espirituais de todos as casas espíritas compreendam que precisamos ouvir mais a nossa voz interior e praticar a caridade ao lado da simplicidade, da humildade e do amor.

– É isso, Elias, esse é o recado da sua vida!

237

– Obrigado mais uma vez, Lucas.

– Ouçam sempre a voz que vem de dentro, não discriminem ninguém, não escolham os espíritos que irão trabalhar a seu lado na caridade, pois, muitas vezes, um pobre preto-velho é mais iluminado do que seus supostos mentores de luz. O que carregamos por dentro é o que importa para o Pai. Abra a porta da caridade, ela pode salvar muitas almas. E lembre-se, sois arquivos sobre o orbe terreno, tudo o que há é para elevar o espírito à perfeição.

– Gratidão, Lucas. – diz Elias emocionado.

Elias está ao lado de Maitê e Aurora esperando por uma nova oportunidade evolutiva. Ele compreendeu que as encarnações são oportunidades que moldam o espírito para as tarefas seguintes, para a evolução, destino de todos os espíritos.

Fim

" "

Agradeço ao Lucas por mais essa oportunidade.

" "

Osmar Barbosa

Após vivenciar três experiências de quase morte, **Osmar Barbosa** iniciou sua trajetória espiritual. E foi nas obras do iluminado Chico Xavier e do professor Allan Kardec que encontrou as respostas para seus questionamentos mais profundos.

Uma coisa é certa: a vida não se resume a esta vida.

E foi pelo aprofundamento da doutrina espírita que passou a utilizar-se de seu dom mediúnico para auxiliar aqueles que buscam, por meio das obras psicografadas por ele, a tão desejada evolução espiritual.

Hoje, Osmar Barbosa é presidente da Fraternidade Espírita Amor & Caridade, obra assistencialista localizada na cidade de Niterói no estado do Rio de Janeiro, onde atende a milhares de pessoas que necessitam de ajuda.

Casado, pai de cinco filhos, segue adiante na sua missão com muita humildade e resignação, buscando sempre evoluir espiritualmente, confiando em Jesus e na Lei Divina.

Acompanhe o trabalho de Osmar Barbosa em www.osmarbarbosa.com.br.

Outros títulos lançados por Osmar Barbosa

Conheça outros livros psicografados por Osmar Barbosa.
Procure nas melhores livrarias do ramo ou pelos sites de
vendas na internet.

Acesse

www.bookespirita.com.br

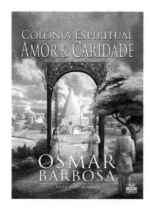

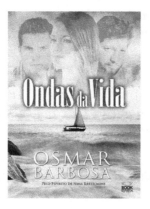

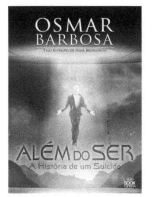

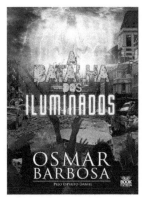

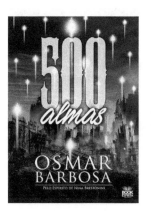

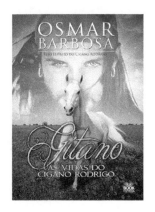

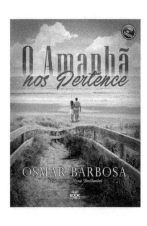

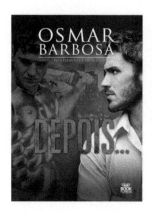

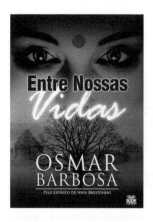
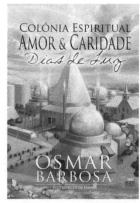
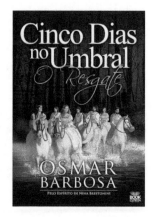

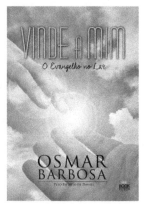
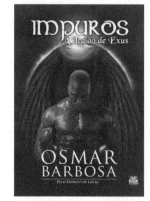

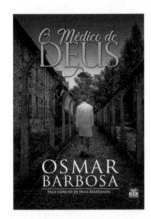

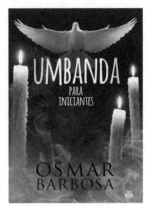

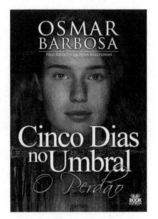

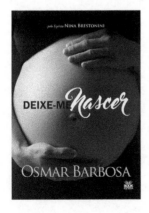

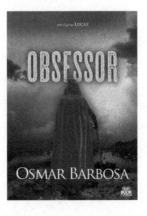

Esta obra foi composta na fonte Century751 No2 BT, corpo 13.
Rio de Janeiro, Brasil.